古诗里的丝绸之路

城市篇

吴舒静　张思桥　主编

少年儿童出版社

序 言

　　中国古典诗词是中华优秀传统文化的重要组成部分，传承千载，历久弥新。当今天我们阅读这些作品的时候，能从中感受到许多不同层面的特点：精致的语言形式，丰富的情感表达，深厚的人文内涵，多样的文人情趣，等等。虽然是文学作品，但在古典诗词中包含和体现着我们的历史、民俗、思想和文化。这些内容突破时空的限制，唤起我们对于生命、智慧、品格、审美的丰富感悟。

　　近年来，随着《中国诗词大会》等电视节目的热播，古诗词的阅读和学习引发了全社会的普遍关注，曾经属于古代精英阶层的文化创造，正以一种雅俗共赏的方式，走进我们的日常生活。关于古诗词的出版物也非常多样，有的按照时间线索进行编纂，有的以诗人为专题进行划分。越来越多的孩子通过这些作品积累文学知识，领略多彩历史；在品鉴诗词的文字之外，发现古人生活中的酸甜苦辣，感受中华民族之所以一脉千年的文化必然。

　　《古诗里的丝绸之路·城市篇》和《古诗里的丝绸之路·风物篇》这两本集子为我们提供了又一种阅读诗歌的角度，那就是以古代丝绸之路为线索，用与之相关的诗歌绘制一条西行漫游的线路图。书中有我们非常熟悉的诗歌，如《送元二使安西》《从军行》《凉州词》，也有相对陌生但经典的作品，如《莫高窟咏》《经火山》《听安万善吹觱篥歌》。两本书图文并茂，涉及的内容相当丰富。每首诗的解读首先从语言形式和情感表达入手，以符合语文学习的体例方式展开讲解；然后引导读者探寻诗歌中涉及的丝路城市历史和人文景观；最后再用简短的篇幅展现这些地方的今日风貌。趣味人文历史与古典诗歌的结合，将原本距离我们非常遥远的静态作品变得鲜活立体。

　　古代诗人穿行在沙漠与绿洲交错绵延的丝绸之路上，到访不同的城市，面对不同的风景，创作的心境和表达的情感也必然会有所不同。当大家在阅读这些作品的时候，不妨先将自己喜欢的诗歌熟读背诵。熟悉了这些诗歌以后，试着将自己放在诗人的位置上，设身处地地想象他们的内心世界，大胆体悟诗歌中的情感和意境。如果觉得有些诗不那么容易理解也没有关系，只要足够熟悉，等到长大后积累了更多知识再蓦然回首，一定能够产生更深的体会。

　　我在给读者的一封信中曾经写道：一个爱诗的民族是有希望的，一个爱诗的家庭是有教养的，一个爱诗的孩子是有品位的。中国是诗词的国度，希望每一位热爱古诗词的读者能在不断的阅读中，积累知识，获得慰藉，传承并弘扬属于我们的文化精髓。

方笑一

2021 年 11 月

前 言

亲爱的读者，你知道"丝绸之路"吗？

翻开历史书，我们会发现，这条道路的开辟和汉代张骞出使西域有关。公元前138年，张骞奉汉武帝之命，从长安出发，踏上了前往西域的漫漫征途，目标是联络大月氏共同对抗匈奴。13年之后，历尽艰险的张骞终于回到长安，虽然没能完成任务，但他把自己在西域各国的见闻向汉武帝进行了汇报。之后，在公元前119年，张骞再次率领使团，带着丝绸、金币、牛羊等物品，走访了西域的许多国家。

张骞出使西域的举动被后来的人称为"凿空"，为我们揭开了丝绸之路的发展序幕。从汉代开始，东西方的商旅、使者、工匠等，纷纷通过这条陆上通道互相拜访、进行贸易。在古时候，中国出产的丝绸非常珍贵，是身份地位的象征，还具有货币的功能，所以"丝绸"就成为了中西往来过程中最具代表的贸易商品。频繁的交往也渐渐形成了一些主要的道路。汉代，从长安出发，到达河西走廊尽头的敦煌后，丝绸之路可以分为南北两条路线：南道出阳关，经若羌、和田，缘塔里木盆地南沿前往印度诸国；北道出玉门关，经吐鲁番，缘塔里木盆地北沿、天山南麓，前往大宛诸国。到了唐代，又增添了新北道（原来汉代的北道变为"中道"），出敦煌经哈密西去，前往地中海。这三条道路跨越天山南北，通向四面八方。

不过"丝绸之路"的正式提出要等到19世纪，德国地理学家费迪南·冯·李希霍芬在《中国》一书中首先提出了这个概念。"丝绸之路"最初是指中国与中亚河中地区、印度之间的贸易交通路线；后来，随着丝绸之路研究的不断拓展，我们渐渐意识到，"丝绸之路"并不是一条由此及彼的线状的道路，而是将许多地方联系起来的一系列路线，更像是一个网络，在这个网络中，人们进行物品的贸易和思想的交流。因此，凡是经古代中国到相邻各国的交通路线，包括海上、陆上均可称之为"丝绸之路"，于是出现了"海上丝绸之路""草原丝绸之路""南方丝绸之路"等各种概念。

但在本书中，我们所选的诗歌主要还是对应于较早的经中亚陆路的"丝绸之路"，也被称为"绿洲路"或"沙漠路"。这部分路网中的城市（可以理解为广义的"城市"概念，包括今天的自治州、市、县等行政区划）及其周边景点，留下了许多古人的足迹和诗歌作品。有时展现"牦牛互市番氓出，宛马临关汉使回"的生活景象，有时描绘"大漠孤烟直，长河落日圆"的自然景观；有时表达"西出阳关无故人"的离别之情，有时传递"不破楼兰终不还"的坚毅之心……

这套书分为"城市篇"和"风物篇"两册，考虑到诗歌篇幅与关联度，每册选择25首诗歌，表现25座与丝绸之路相关的城市，以及与这些城市相关的自然风光、人文景观和民俗传统。"城市篇"通过诗歌赏析和历史地理知识的结合，展现丝路城市的古今风貌；"风物篇"则选取与这些城市有关的风景、遗址和民俗，以更为多样和生动的主题为大家展现丝路上的生活世界。

如果你愿意的话，还可以把这两本书进行对照阅读，你会发现，这两本书中的内容可以相互参照，帮你加深理解。通过这种诗歌和历史的互鉴，希望能够引领你发现古典文学的魅力，畅游丝绸之路的古今，用文学的形式，探索我们的过去、当下与未来。

| 152 | 146 | 140 | 134 | 128 | 122 | 116 | 110 | 104 | 98 | 92 | 86 |

古诗里的托克马克《从军行（其六）》王昌龄

古诗里的喀什《关山月》徐陵

古诗里的和田《于阗采花》李白

古诗里的库车《库车（其四）》易寿崧

古诗里的巴州《塞下曲（其一）》李白

古诗里的伊犁《伊犁纪事诗》洪亮吉

古诗里的昌吉《北庭作》岑参

古诗里的乌鲁木齐《乌鲁木齐》福庆

古诗里的吐鲁番《高昌王所画蒲萄熊九皋藏》成廷珪

古诗里的哈密《哈密》史善长

古诗里的敦煌《望敦煌》佚名

古诗里的酒泉《过酒泉忆杜陵别业》岑参

目录

8　古诗里的西安　《登观音台望城》白居易

14　古诗里的渭南　《过渭南》王履

20　古诗里的咸阳　《送元二使安西》王维

26　古诗里的宝鸡　《登岐州城楼》皇甫斌

32　古诗里的天水　《秦州杂诗（其二）》杜甫

38　古诗里的平凉　《平凉歌》黄省曾

44　古诗里的固原　《上之回》卢照邻

50　古诗里的定西　《自萧关望临洮》朱庆馀

56　古诗里的兰州　《金城北楼》高适

62　古诗里的临夏　《宁河城》解缙

68　古诗里的西宁　《湟流春涨》张思宪

74　古诗里的武威　《凉州词》王翰

80　古诗里的张掖　《甘州即事》郭登

古诗里的西安

登观音台①望城
唐·白居易

百千家似围棋局②,
十二街③如种菜畦④。
遥认微微入朝火⑤,
一条星宿⑥五门⑦西。

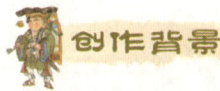

创作背景

唐大和元年（827年），当时已经56岁的白居易回到长安城，拂晓时分登上乐游原观音台远望长安城，所见的景象令他浮想联翩，于是就写下了这首七言绝句。

① 观音台：指唐长安城乐游原观音寺内高台，后来该寺改名为"青龙寺"，在今陕西西安雁塔区。

② 局：棋盘。

③ 十二街：北宋《长安志》卷七："（皇）城中南北七街，东西五街。"

④ 菜畦（qí）：菜田中划分的一块块方形小区。

⑤ 入朝火：指官员去早朝路上所执的灯笼。

⑥ 星宿（xiù）：星星，形容官员所执的灯笼如天空中的星河般闪烁。

⑦ 五门：指长安大明宫正门丹凤门。

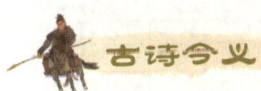

（我）登上观音台远望长安城，千家百户的布局似围棋棋盘。东西向和南北向的十二条大街，将城市划分成菜畦般的方格。远处亮起的一道微光映入眼中，如同天空中的星河一般闪烁。原来那是大明宫的丹凤门西，早朝官员手执灯笼在缓缓前行。

教你赏析

诗歌的前两句"百千家似围棋局,十二街如种菜畦",以鸟瞰的视角描绘了长安城的全貌与特色,整齐的城市布局一下子映入我们的眼中。

唐代的长安城总体呈方形,全城分为宫城、皇城和坊三个部分。宫城是皇宫的所在地,皇城是朝廷官员的办公场所,围绕宫城和皇城分布着居住区和商业区,这些地方就被称为"坊"。互相垂直的南北向、东西向大街穿插在坊中间,将长安城划分为一块块小方格,就像齐整有序的"围棋局"和"菜畦"。一、二句诗运用了比喻的修辞手法,生动地描绘出长安城纵横交错、整齐划一的建筑格局。从全局上展现了长安城壮丽雄伟的气势,给读者留下了深刻的印象。

三、四句"遥认微微入朝火,一条星宿五门西",诗人并没有移步,但随着他视线的移动,视角从城市全景聚焦到宫门前的早朝。唐代自高宗以后,举行国家大典和上朝议事的地方,就从太极宫移到了大明宫。每天的早朝叫"常朝"或"常参",不过这可不是件轻松

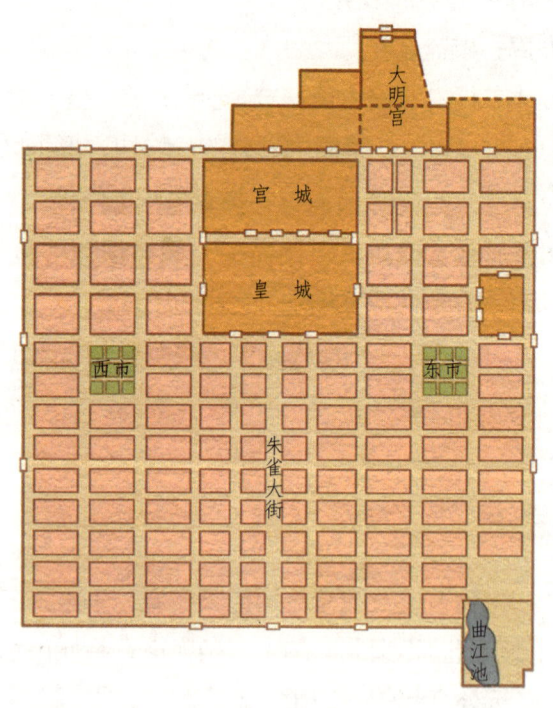

▲ 唐长安城平面示意图
图中粉色格子即为"坊"

的差事,因为拂晓时分便要上早朝。虽然我们并不知道这首诗写于哪个季节,但可以想象,北方冬日的早朝一定十分辛苦。这里同样运用了比喻的手法,将百官手持的微微闪动的灯火,比作天上的星河,慢慢向大明宫移动着,这预示着黎明即将到来,也烘托出长安城的神秘与肃穆。

全诗用一明一暗、一静一动两种景象,由整体到局部,为读者展现了长安城的繁盛气象。

丝路城语

长安,即今天的陕西省省会西安,在中国历史上有着3100多年的建城史,是一座"天然历史博物馆"。假如我们可以乘坐时光机回到过去,有两个朝代一定是这三千多年里最不容错过的!

一个是汉代长安城,它是丝绸之路最早的东方起点。公元前138年和公元前119年,汉武帝曾先后两次派张骞出使西域,开辟了中西方交流的官方通道,中外贸易和文化的交往从此绵延千年,至今为人称道。

另一个就是本诗说到的唐代长安城了。丝绸之路到唐代发展到了鼎盛,那时的长安城简直就是古代的国际大都会。今天,我们出去购物常说"买东西",为什么是"买东西"而不是"买南北"?这个说法与长安城的布局有关。再看看前面的唐长安城平面示意图,你会发现以朱雀大街为分界,有"东市"和"西市"两大市场。作为中西文化的汇集地,两个市场内商贾云集,店铺琳琅满目。其中,西市不仅是唐人重要的商品交易市场,也是国际贸易交流中心。经丝路来到长安的商人,往往会在西市进行买卖。波斯人、粟(sù)特人、阿拉伯人等来到长安开设的店铺，形成了"长安胡店"这一独特景观。长安城内流行的胡服、胡帽、胡饼、胡酒，也成为了丝路文化在生活上的表现。

今日印象

今天，我们在西安市仍能找到汉、唐长安城的遗址。汉长安城在今天西安市的西北部未央区，许多地点还清晰可辨。唐长安城恰好在西安市中心区域的下方。虽然唐长安城的大部分遗址已经很难辨认，但我们还是能在西安古城墙下散步，游览大明宫、大雁塔、小雁塔等遗址，感受这座"天然历史博物馆"的文化积淀。西安开远门外矗立着巨型"丝绸之路群雕"，描绘了昔日西域商旅栩栩如生的景象，表达了我们对丝路的追忆。

除了西安市区的景点，位于西安郊县的秦始皇帝陵博物院、华清池、关中民俗艺术博物院等地，也记录了这座古城的历史与传奇。其中，秦始皇兵马俑被誉为"世界第八大奇迹"，是世界考古史上的伟大发现。

"街坊"的称呼从哪儿来？

前面说过，唐长安城市民居住和活动的地方叫"坊"，所以，相邻的居民之间也就互相称呼为"街坊"。唐代很多著名的人物，都在长安的"坊"里生活过；每个坊都有一个好听又吉祥的名字，例如：韩愈住在靖安坊，柳宗元住在亲仁坊，褚（chǔ）遂良住在平康坊，魏征住在永兴坊……而作为"京漂"的白居易，在长安城内常常搬家，先后在新昌坊、宣平坊、昭国坊及常乐坊住过。如果你"穿越"回唐代，想住在哪里呢？

关于诗人

白居易（772—846），字乐天，号香山居士，河南新郑人，是唐代伟大的现实主义诗人，与元稹合称"元白"，共同倡导新乐府运动。白居易的诗歌题材广泛，语言通俗，他曾将自己的诗歌分为四类：讽喻诗、闲适诗、感伤诗和杂律诗。有《白氏长庆集》传世，代表作品有《长恨歌》《琵琶行》《新乐府》《秦中吟》等。

古诗里的渭南

过渭南
明·王履

挂冠①寻竹渭南村，
那②识无人与有人。
但怪此心笼③不住，
时时飞上华山④云。

 **创作背景**

诗人王履曾在 50 岁时游览华山,并在归来后用半年多的时间绘成 40 幅山水画作,汇编为《华山图》,其中也收了序、游记和诗歌,本诗就是其中的作品。

 **细解字词**

① 挂冠:把官帽挂起来,比喻辞去官职。
② 那:同"哪"。
③ 笼:有多种含义,本指拘束牲畜的工具,此处引申为驾驭、控制的意思。
④ 华山:古称"西岳",雅称"太华山",位于今天的陕西渭南华阴境内,为"五岳"之一。

古诗今义

辞官后的我在渭南村庄寻找竹林,
哪里知道这片土地上有没有人呢?
奇怪的是我的内心总是不受控制,
仿佛时不时要飞向那华山的云端。

▲ 在传统文化中"竹"象征着清雅和坚定

这是明代诗人王履创作的一首山水诗，诗歌语言简洁质朴，但生动表现了诗人内心的旷达之情。

从内容上看，诗歌的第一句"挂冠寻竹渭南村"，交待了整首诗的创作背景，即诗人辞官之后，途经渭南，在渭南的村落里寻找竹林，表现出了一种类似于魏晋名士的文人雅趣。第二句"那识无人与有人"，是说诗人本来意在寻竹，有没有人并不重要，表现了自在、恬然的心境。第三句"但怪此心笼不住"用一"但"字作为转折，赋予了自我独立而自由的生命，使得辞官后不受羁绊的情感进一步挥洒出来。末句"时时飞上华山云"，则是紧密承接着上一句。这里的"飞"字，用得十分精妙，用"飞"而不用"攀"或"登"，一是可以与前一句的"笼"形成一种强烈的对比效果，二是以一种形象而略带夸张的笔调突显此诗"自由"与"自然"的主旨。

从艺术手法上来看，第二句里的"无人"与"有人"形成对比，进一步加深了诗人想要表达的洒脱情感。一、二两句的平和与三、四两句的兴奋构成一静一动、一弛一张的艺术效果，调动着读者的情绪随之变化。

丝路城语

渭南，在今陕西省，因为地处渭水之南而得名，古称下邽（guī）、莲勺。渭南地处陕西关中渭河平原东部，发源于鸟鼠山的渭河一路东流，最终在渭南潼关汇入黄河。早在秦汉之际，这里就享有"省垣（yuán）首辅""形胜甲于三秦"的美誉，意思就是说，从地理上来看，渭南具有非常重要的价值。

渭南具有承东启西的地理优势，自古以来，就是长安城的门户，是通向古代丝绸之路沿线各国的文化、经济、贸易的枢纽，所以古人对渭南有"三秦要道，八省通衢（qú）"的美称。在丝路贸易兴盛的两千多年间，丝路沿线布满了渭南商人的足迹。据说，今天还流传着渭南商人与阿塞拜疆姑娘的爱情故事呢！

此外，渭南有著名的"三圣三贤"。"三圣"是指字圣仓颉（jié）、酒圣杜康、史圣司马迁；"三贤"则是指唐代大将张仁愿、唐代诗人白居易、宋代名相寇准。浓厚的历史底蕴也为这一丝路城市烙下了独特的文化印迹。

今日印象

今天的渭南是丝绸之路经济带上的节点城市，是通往陕西和大西北的咽喉要道：东襟黄河，与山西运城、河南三门峡毗邻；西与西安、咸阳相接；南倚秦岭，与商洛为界；北靠桥山，与延安、铜川接壤。渭南是多条交通路线的交汇之处，郑西高铁（郑州—西安）和大西高铁（大同—西安）在此并站，铁路、高速公路和国道省道在渭南纵横贯穿，形成了四通八达的交通网络。

通过寻访这座古城中遗留下的名胜古迹，我们依然能够清晰地感受到历史的脉搏与气息。司马迁祠墓、西岳庙、仓颉庙、党家村明清民居等，都在向我们传递着文化的温度。美食也为这座城市增添了色彩，时辰包子、水盆羊肉、豆腐泡、大刀面、椽（chuán）头蒸馍等，都是渭南独具特色的经典佳肴。

汉字与渭南有怎样的故事？

渭南历史悠久，距今约20万年的"大荔人"，曾在这片土地上繁衍生息。这里也是名人荟萃的地方，杜康、司马迁、隋炀（yáng）帝、白居易、寇准、王鼎等我们熟悉的人物，都在渭南名留青史。关于渭南，还有一个不得不说的故事——汉字的创造。传说，古代创造

▲ 传说中仓颉有"双瞳四目"

汉字的人名为仓颉，他日思夜想，观天察地，在鸟兽虫鱼的印迹中受启发，创造了文字，为中华民族的繁衍和昌盛做出了不朽的功绩。上面提到的仓颉庙，地处渭南市白水县城东北，就是为纪念"字圣"仓颉而建立的，2001年被列为全国重点文物保护单位。

关于诗人

王履（约1332—？），字安道，号畸叟，又号抱独老人，昆山（今江苏昆山）人，元末明初医学家、画家、诗人。著有《医经溯回集》《华山图》等。

古诗里的咸阳

送元二使安西①
唐·王维

渭城②朝雨浥③轻尘，
客舍④青青柳色新。
劝君更尽一杯酒，
西出阳关⑤无故人。

创作背景

元二是王维的一位友人,在当时奉命前往安西都(dū)护府。唐时从中原前往西北边疆,渭城是一个必经之地,因此王维与好友在此告别,并用此诗表达对好友的不舍之情。

细解字词

① 元二:古人常以兄弟的排行互相称呼,友人姓"元",排行第二,所以称其为"元二"。安西:安西都护府,唐朝管辖西域的军政机构。
② 渭城:位于渭河北岸,秦朝时名为"咸阳",是当时的都城。汉武帝时置渭城县,是汉唐丝绸之路由长安向西的所经之地。
③ 浥(yì):润湿,沾湿,指地面因清晨的小雨而潮湿。
④ 客舍:旅社。
⑤ 阳关:西汉时设立,因为坐落在玉门关之南,取名阳关,在今甘肃敦煌古董滩附近。

古诗今义

清早渭城下了一场蒙蒙细雨,洗去了城中的灰尘。
客舍周围的柳树上长出新叶,周围显得一片青翠。
朋友啊,在离开家乡之前,请你再喝一杯酒吧。
等你向西离开了阳关,就很难再碰到老朋友了。

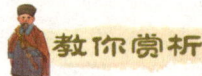 教你赏析

  《送元二使安西》是一首历史上广为流传的送别诗，后来还有人根据诗歌谱曲，取名《阳关三叠》，又名《渭城曲》，是中国十大古琴名曲之一。

  诗歌前两句"渭城朝雨浥轻尘，客舍青青柳色新"交代了事件发生的时间、地点和环境：清晨时分，天空正下着小雨，诗人与友人在渭城告别；元二奉朝廷之命出使安西，二人应当是从长安出发，来到距离长安二十公里外的渭城。"浥"字体现了雨丝轻盈的状态，小雨刚好把路面上的灰尘沾湿，这样，远行的车马经过道路，不会扬起很大的灰尘，表现出春雨中城市的洁净、清新。然后，诗人的视线从天空中的雨转向了旅社边上的柳树，沐浴在春雨中的柳枝上刚刚冒出了几片嫩绿的新叶，杨柳依依，一片明丽景象，送别之中饱含轻快与乐观的情绪。

  三、四句话锋一转，从刚才轻快的氛围突然写到诗人劝友人临行之前再喝一杯酒。一个"更"字表达出诗人对元二依依不舍的深情。可是，为什么诗人要不断劝酒呢？第三句留下的这个小疑问在下一句得到解答：原来是因为友人马上要向西远行了。从渭城前往安西有两千多公里，在没有汽车、火车和飞机的古代，这段路程该有多么艰难！在这条漫长的路途上，阳关是一个重要的关口，阳关之外是茫茫的戈壁沙漠，环境艰苦，而且人烟稀少。

  这首诗前两句交代送别的时间、地点和环境，后两句则直抒胸臆。全诗以渭城清新明快的景色反衬出分别的不舍，体现出诗人对元二的深厚情谊。

丝路城语

诗歌里的"渭城",其实就是我们熟悉的咸阳。公元前206年,汉高祖刘邦将"咸阳"更名为"新城";到了公元前114年,因为临近渭河,汉武帝又改"新城"为"渭城"。那么,咸阳又为什么会被称为"咸阳"呢?咸阳地处九嵕(zōng)山之南,渭河之北,古人认为山之南为"阳",水之北为"阳",咸阳正位于山南水北,所以被称为"咸阳"("咸"是"都"的意思)。

我国历史上第一个大一统帝国秦朝,就是在咸阳建立了宫城,第一位宫城设计师则是改革家商鞅。咸阳是中原地区通往大西北的要冲,公元前220年,也就是秦朝建立的第二年,便以咸阳为中心,修建通往全国各地的交通道路。

▲ 西汉鎏金铜马
现藏于咸阳茂陵博物馆

丝绸之路起于长安，往西沿渭河前进，第一大站便是咸阳，隶属于咸阳的永平古镇被誉为古代丝绸之路的"第一驿站"。因张骞出使西域，开辟了以长安为起点的丝绸之路，大大推动了咸阳地区的农牧发展。从西域大宛（yuān）和乌孙引进的马种经过选育和改良，促使了咸阳一带马种逐渐向骑乘型转化，我们在咸阳出土的陶马、铜马上，都可看到西域马的特征。

今天的咸阳是一座交通便捷的现代化都市，也是蕴藏着古老印迹的历史文化名城。在咸阳城内的咸阳老街上，坐落着咸阳博物馆以及凤凰台、安国寺等历史遗迹。因咸阳地势较高，又毗邻长安，这里埋葬着许多重要的历史人物。据统计，咸阳原上，共有28位帝王的陵墓，包括唐高宗和武则天合葬的乾陵、唐太宗的昭陵、汉武帝的茂陵等。乾陵是"唐代十八陵"中保存最完好的一座，内有百余座大型石刻；昭陵是现存最大的皇家陵园，墓前有著名的六骏浮雕石刻；茂陵的形状下宽上尖，耗时53年建成，是中国历史上建造工期最长的陵墓，被称为"中国的金字塔"。

古人为什么爱折柳送别？

王维在诗歌中特意刻画了"柳"的意象，这与古人折柳送别的习俗有很大关系。一方面,"柳"与"留"谐音,有"挽留"的意思;另一方面,古人认为柳树是可以辟邪的"鬼怖木",携带柳枝,可以保护旅人的平安。收集了许多民间乐曲的汉乐府中,便有数十首《折杨柳》曲子,足够可以体现古代折柳送别的流行程度。

关/于/诗/人

王维(701—761),字摩诘,号摩诘居士,河东蒲州(今山西永济)人,唐代诗人、画家。因在唐肃宗乾元年间任尚书右丞,故世称"王右丞"。他的诗大多歌咏山水田园,与孟浩然合称"王孟",因笃信佛教,又有"诗佛"之称。王维不仅写诗,还精通书画、音乐,后人推其为南宗山水画之祖,著有《王右丞集》。苏轼曾评价王维:"味摩诘之诗,诗中有画;观摩诘之画,画中有诗。"

古诗里的宝鸡

登岐州①城楼

唐·皇甫斌

岐雍②三秦③地，登临实壮哉！
客心④关外⑤断，秋气陇头⑥来。
归目浮云蔽，寒衣⑦早雁催。
他乡有时菊⑧，留赏故人杯。

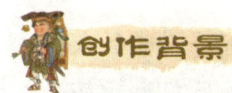
创作背景

诗人皇甫斌的背景难以考察，本诗应该创作于诗人游历途中，表达其在岐（qí）州的所见、所闻、所感。

细解字词

① 岐州：治所在雍（yōng）县（今陕西宝鸡凤翔县东）。
② 岐雍：即岐州。
③ 三秦：项羽破秦，把关中之地分封给秦三降将，雍王章邯（hán）、塞王司马欣、翟（zhái）王董翳（yì），史称"三秦"，后来人们也称陕西一带为"三秦"。
④ 客心：旅人之情，游子之思。
⑤ 关外：与"关中"相对，古代潼关、散关、武关、萧关四关之内为关中。
⑥ 陇（lǒng）头：陇山，六盘山南段的别称。穿越陇山的陇关道是中国古代连接中原和西域的交通要道、古代丝绸之路南道的一部分。
⑦ 寒衣：指冬天御寒的衣服。
⑧ 时菊：应时令而开放的菊花。

古诗今义

岐州地处古代三秦之地，登临岐州城楼，所见之景实在壮观啊！游子西出关外，秋日肃杀之气从陇山而来，思乡之情令人断肠。

回望走过的路，浮云蔽日，天上的大雁像在催促游子准备冬衣。不承想异乡的菊花应时而开，不妨稍作停留，与友人把酒赏花。

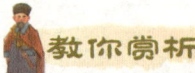

当一首诗歌的背景难以考察时，我们可以从诗题中发现解读的线索。本诗题目是"登岐州城楼"，顾名思义，这是一首表达诗人登楼所感的诗歌。

在第一联"岐雍三秦地，登临实壮哉"中，诗人先对岐州进行了追忆，回想这里原来是三秦之地，历史悠久，登上城楼远眺所见的风景令人不由发出感叹。接下来"客心关外断"将思绪拉远，联想到游子出关，音信难通，表达了惆怅之感；"秋气陇头来"则描绘了秋气从陇山一路袭来，寒冷肃杀的氛围正符合游子在外飘零的氛围。

在第三联"归目浮云蔽，寒衣早雁催"中，诗人用"浮云"和"早雁"的意象，将读者又拉回现实。《古诗十九首》里有"浮云蔽白日，

游子不顾返"的诗句,这里随着诗人的目光可见:天上浮云蔽日,大雁南归,以秋景书写了内心的寂寥之感。诗歌最后是对在岐州活动的交代,对于作为游子的诗人而言,岐州并非故乡,却也有应时而开的菊花,暂作停留,与友人把酒共赏佳菊,不失为一种安慰自己的方式。

全诗语言较为通俗,以诗人之眼来读诗,能够帮助我们更好地把握诗人的思绪与情感。

 丝路城语

本诗中提到的"岐州",管辖的范围相当于今天的西安周至县、宝鸡麟游县、陇县、太白县等地。其中主要的宝鸡地区,具有灿烂的历史文明,神农尝百草、姜太公钓鱼、苏东坡初仕等耳熟能详的历史典故都与这里有关!

宝鸡是古代丝绸之路上的重要驿站。古代丝路的北线从长安出发,可以沿渭河西行至宝鸡,向北到陇县,越过六盘山,在靖(jìng)远渡黄河至武威。这条路线路程较短,但沿途的供给条件较为艰苦。如果选择走这条路线前往河西走廊,宝鸡便是一个必经之所。

千河,原称"汧(qiān)河",发源于天水六盘山,流经宝鸡陇县、千阳县,从宝鸡市陈仓区注入渭河,与丝路也有着密切联系。古人沿河岸开辟的千河谷道,曾是重要的西行通道。后来千河谷道继续向西延伸,发展为我们后来说的"陇关道",也称关陇大道。据研究,当年玄奘西行取经,文成公主入藏和亲,都曾沿着陇关道一路西行。古代从西域来到陇关道的商旅也会对这里倍感亲切,因为这预告着漫长的旅途马上就要结束,长安城就在不远的前方了。

今日印象

今天的宝鸡市也是一个因路而兴的城市，是通往中国西北、西南铁路交通的咽喉要道。同时，凭借着数量众多的历史遗址，宝鸡也发展起了丝绸之路旅游。扶风法门寺是唐代皇家寺院，八位皇帝曾在此"六迎二送"供养佛指舍利，被誉为继兵马俑之后的"陕西第二个文化符号"。岐山周公庙是宝鸡地区规模最大、保存最完整的古代建筑群，附近有西周时期最高等级的墓葬群。凤翔东湖为北宋大文豪苏轼创修，是我国北方园林的典型代表。宝鸡也是青铜器之乡，宝鸡青铜器博物院是以集中收藏、研究和展示周秦时期青铜文化为主的国家一级博物馆，为宝鸡的文化风景线增添了一大亮点。

我是最早在身上刻下"中国"二字的青铜器！

▲ 何尊
现藏于宝鸡青铜器博物院

"宝鸡"真的有鸡吗？

关于宝鸡地名的由来，有很多有趣的故事。自古以来，宝鸡就是关中要地，汉代韩信"明修栈道，暗度陈仓"的典故就与这里有关。后来"陈仓"改名为"宝鸡"，就要说到唐朝的"安史之乱"了。唐天宝年间，唐玄宗因安禄山和史思明指挥的叛乱，被迫逃往蜀地，其子唐肃宗于战乱之中在甘肃灵武继位，改年号为"至德"。唐至德二载（757年），唐肃宗置天兴县，取"天兴唐室"之意，又改雍县为凤翔县，取"凤翔原野"吉祥之意。

其实一开始，唐肃宗是想把陈仓县改为凤翔县的，后来因城南鸡峰山常有"宝鸡啼鸣"，唐肃宗认为这是吉祥之兆，就将陈仓县改成了宝鸡县，所以"凤翔"这个名字就让给了雍县，从此就有了"宝鸡"这个吉祥而美丽的地名。

关于诗人

皇甫斌，生平不详，曾登岐州城楼，赋诗言怀。敦煌遗书存诗《登岐州城楼》一首，后《全唐诗补编·补全唐诗》补入。

古诗里的天水

秦州①杂诗（其二）

唐·杜甫

秦州城北寺②，胜迹隗嚣宫③。
苔藓山门④古，丹青⑤野殿⑥空。
月明垂叶露，云逐渡溪风。
清渭⑦无情极，愁时独向东。

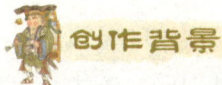 创作背景

唐乾元二年（759年）七月，杜甫辞去了华州司功参军的职务，开始了艰苦的漂泊生活。他一路西行来到秦州，目睹了秦州的山川风物，写下二十首伤时感事的五言律诗，统题为《秦州杂诗》，本诗是其中第二首。

 细解字词

① 秦州：今甘肃天水，位于甘肃东南部，毗邻关中平原。
② 城北寺：根据《天水县志》记载，城北仁寿山俗名皇城，后建为崇宁寺。
③ 隗嚣（wěi xiāo）宫：隗嚣的宫室，位于今甘肃天水麦积山北。隗嚣，天水人，为两汉之际称霸一方的军阀。
④ 山门：寺门，也可代指寺院。
⑤ 丹青：丹砂和青䤅（huò），可作颜料，也代指壁画、图像。
⑥ 野殿：郊外的宫室。
⑦ 清渭：渭，指渭河。渭河是黄河的主要支流，发源于甘肃渭源县，到潼关汇入黄河。古人有"渭水清，泾（jīng）水浊"的说法。

 古诗今义

秦州城北坐落着一座寺庙，那曾经是汉代一方霸主隗嚣的宫室。
寺门覆盖着苔藓，古朴而沧桑；宫殿中彩绘斑驳，空旷而寂寞。

月光映照着山间草叶上的露水，云朵追逐着渡过了溪流的轻风。

那清澈的渭河真是无情，在我满怀愁绪时，它却独自向东流去。

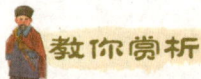

这首五言律诗音韵谐美，动静相宜。诗人由秦州的山川风物遥想联翩，将身世的感伤和时代的苍凉融于诗中，读来真挚动人。

诗歌前四句记叙古迹。第一联"秦州城北寺，胜迹隗嚣宫"交代了诗人的足迹——从秦州城一路向北，来到郊外。第二联"苔藓山门古，丹青野殿空"真实地勾勒出昔日隗嚣宫的现状：山门满是苔藓，墙壁斑驳，内室空旷；"古"和"空"暗示了建筑的年代久远、饱经沧桑。

后四句则表达了诗人的对景伤情。"月明垂叶露，云逐渡溪风"两句一静一动，细腻如画，描绘出一幅清幽静谧的秦州郊外夜景图。但事实上，安史之乱爆发后，吐蕃（bō）趁机夺取陇右、河西，秦州被迫成为边防前线，随时面临着战争的威胁。因此在这一抒情的笔调下，暗含着危机，由此诗人才发出"清渭无情极，愁时独向东"的感慨。战乱中，杜甫在投奔唐肃宗李亨途中被叛军抓到长安，亲眼目睹了"国破山河在"的悲剧。后来他冒险逃到凤翔，又跟随李亨回到长安，但很快因为营救友人房琯（guǎn）而触怒李亨，被贬为华州司功参军。渭河的"无情"恰反衬出诗人的"有情"，诗人梦想随河流回到象征着唐王朝权威和荣耀的长安——但这样的梦想是多么遥远啊！

整首诗歌利用常见的意象，通过情与景的交融，抒发了诗人流落秦州的苦闷，也表达了对于国事的忧虑。

 丝路城语

天水，古代也称秦州，秦始皇建立大一统帝国后，置"秦州"，后来到了汉武帝时，置"天水郡"。相传，这个美丽的名字来源于天水湖的传说——"春不涸，夏不溢，四季滢然"，汉武帝正是因为四季清澈的神奇之水才取"天水"作为地名。

丝绸之路正式开辟后，天水逐渐发展成丝路上的一大重镇，许多文臣武将辞别京城西行后，长途跋涉中往往要在这里落脚。在杜甫之前，诗人王维、王昌龄、高适都曾在这里停留。据《大慈恩寺三藏法师传》记载，玄奘西行取经时曾途经天水，因而，天水至今还流传着许多关于唐僧取经的传说。

值得一提的是，天水有着与中原地区迥异的文化风情，那就是欣欣向荣的少数民族生活和蔚为大观的石窟艺术。魏晋南北朝时期，前赵、后赵、前秦、后秦、西秦等古代少数民族政权都曾把天水划入管辖范围。后秦的姚氏政权对当时的佛教文化影响很大，他们请来西域龟兹（qiū cí）（今新疆库车）的高僧鸠摩罗什（jiū mó luó shí）翻译佛经，建造了号称"东方雕塑艺术陈列馆"的麦积山石窟。麦积山石窟与天水的甘谷大像山石窟、华盖寺石窟、武山水帘洞石窟等，共同构成了丝路上的"石窟走廊"。

今日印象

今天的甘肃天水是一座历史文化名城。传说中天水是伏羲和女娲的诞生地，素来有"羲皇故里"的美称，并有着伏羲庙、卦台山等景观。每逢正月十六日的伏羲诞辰日，总会有许多人到伏羲庙里落叶最多的

▲ 麦积山石窟风景

喜神树下祈福。

　　诗人杜甫当年去过的麦积山仍然是天水重要的地标。麦积山石窟与龙门石窟、莫高窟、云冈石窟合称"中国四大石窟",是印度佛教和中国本土文化艺术交融的结晶。2014年,麦积山石窟作为"丝绸之路:长安—天山廊道的路网"中的一处遗址点,被列入《世界遗产名录》。2020年,麦积山风景区借助"5G+VR"技术推出了"云游麦积山",使得中外游客可以通过手机欣赏石窟的雕塑和壁画,麦积山的文化宝藏借现代科技展现在更多人眼前。

你知道吗

天水有什么美食?

　　天水的美食琳琅满目,除了西北人爱吃的浆水面、酿皮、天水杂烩,还有天水的"呱呱"。这是一种香、辣、绵、软的荞麦面食,是天水街头最常见的早点,无论冬夏,呱呱摊、铺前总是红红火火。诗歌中

的隗嚣和呱呱还有段小故事。相传西汉末年,隗嚣割据天水时,因为他的母亲塑宁王太后对呱呱情有独钟,呱呱成为了皇宫里的御食。后来隗嚣兵败,亡命西蜀,他的御厨却隐居天水,经营起呱呱来。如果你到了天水,记得尝一尝呱呱哦!

▲ 天水呱呱

关/于/诗/人

杜甫(712—770),字子美,号少陵野老,河南巩县(今河南巩义)人,因官至左拾遗、检校工部员外郎,世称"杜拾遗""杜工部"。杜甫是唐代伟大的现实主义诗人,被后人尊称为"诗圣",与李白合称"李杜"。"沉郁顿挫"是杜甫创作风格的概括,他的诗多反映当时的社会矛盾和人民疾苦,因此被誉为"诗史"。有《杜工部集》传世,代表作品有"三吏""三别"等。

古诗里的平凉

平凉歌①

明·黄省曾

予闻秦陇②地,山水秀中华③。

北落④人烟近,羌夷⑤笑语哗⑥。

仙人迷宝砦⑦,边士戍⑧莲花⑨。

谁在崆峒⑩里,幽栖餐紫霞。

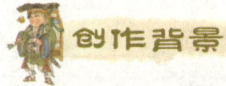 **创作背景**

本诗收录于《五岳山人集》第十二卷，是诗人游历中写作的作品。

 细解字词

① 平凉：在今甘肃省东部，六盘山东麓，泾河上游，是西北地区重要的交通枢纽。
② 秦陇：这里指今天的陕西、甘肃等地。
③ 中华：指汉民族。
④ 北落：北方的村落。
⑤ 羌夷（qiāng yí）：泛指北方的少数民族。
⑥ 哗（huá）：人多声杂。
⑦ 宝砦（zhài）：砦，即"寨"。宝砦，即撒宝寨，相传广成子在崆峒山得道成仙，秦始皇巡游陇西北时，出于对广成子的仰慕拜访此处，并将山下的石头寨赐名"撒宝寨"。
⑧ 戍（shù）：军队驻扎防守。
⑨ 莲花：华亭莲花台，始建于秦汉，是道教圣地。
⑩ 崆峒：崆峒山，在今甘肃平凉。

 **古诗今义**

传闻秦陇一带的自然风景，在华夏大地上展现着风采。

北方村落中充满烟火气息,人们的欢声笑语此起彼伏。
仙人为撒宝寨的景色沉迷,战士在莲花台处驻扎防守。
不知是谁在崆峒山中隐居,每日以天上的紫霞为食物。

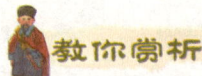

诗人黄省曾不仅爱好学习,还游览了许多名山大川,写下歌咏山水的作品。诗歌首联"予闻秦陇地,山水秀中华"开门见山,直接表达了诗人对平凉地区自然景色的欣赏与赞美之情。这里的"中华"主要是指生活在中原地区的汉民族。

中间四句则用直接和间接描写,表现了平凉地区的风光。第二联诗人采用了视觉与听觉相结合的手法——"北落人烟近"是视觉描写,"羌夷笑语哗"是听觉描写,多方面展现了平凉人民旷达自在的心境,表现了活泼向上的风土人情。"仙人迷宝砦"运用历史典故,体现了崆峒山的绝妙景色,"边士戍莲花"则说明这里具有重要的军事地理价值,间接体现了平凉的自然风景与独特地势。

诗人在尾联发出了自己的疑问:到底是谁隐居在崆峒山中,每日以紫霞为食,过着如神仙般的惬意生活?"餐霞",餐食日霞,意思就是修仙学道。这里诗人把紫霞比喻成食物,在崆峒山里以紫霞为食,颇有不食人间烟火的仙气。诗仙李白也曾有诗句"我昔东海上,劳山餐紫霞",表现出一种远离凡尘的快意自适。诗人在尾联发出这样的疑问,其实是对于自己情感的抒发,表达了对远离尘世、隐居山中的向往之情。

丝路城语

"平凉"这个名字是从哪儿来的呢?这要回到十六国时期。前秦第三位国君苻(fú)坚进攻前凉,设平凉郡,意为"平定凉国",平凉由此得名。

平凉地处陕西、甘肃和宁夏的交汇处,东邻陕西咸阳,西连甘肃定西、白银,南接陕西宝鸡和甘肃天水,北与宁夏固原、甘肃庆阳毗邻,是古丝绸之路北线上的重镇,素有"陇东旱码头"之称。张骞曾带领使团穿越平凉地界,汉武帝和唐太宗也曾在平凉崆峒山留下足迹。随着古代丝绸之路的发展,大批波斯和阿拉伯商人沿路而来,与汉族和其他少数民族共同生活在此。

平凉重要的地理位置使得它在军事上也具有重要价值,自古以来就是中原地区的重要屏障。历史上的唐朝与吐蕃之间的恩怨纠葛持续了上百年,双方就边境的领地问题也进行过多次战争和谈判,其中最重要的就要数"平凉劫盟"了。这里是"劫盟"而非"结盟",是因为这是吐蕃为唐朝准备的一场鸿门宴,活捉了唐朝的兵部尚书。在这次会盟之前,唐朝多次尝试与吐蕃讲和,但是在此之后,唐朝彻底放弃了与吐蕃结束战争的侥幸心理。可以说"平凉劫盟"深刻影响了唐朝与吐蕃的关系,也曾对古代丝路贸易产生了一些负面影响。

今日印象

今天的平凉境内有仰韶、齐家、商周等各个时期的文化遗址。由于处在丝绸之路的咽喉地带,多种宗教在平凉得以发展,我们如今依然能在这里看到许多保留完好的石窟、寺院等景观——南石窟寺、龙泉寺、龙隐寺、莲花台、云崖寺、明代宝塔等文化名胜数不胜数。此外,有着"西来第一山"称号的崆峒山也是平凉境内的地标,相传广成子在此地修道成仙,人文始祖轩辕黄帝在此处向广成子问道,所以崆峒山也就留下了"天下道教第一山"的美誉。

你知道吗

是"歌"还是"诗"呢?

在我国古代,诗歌最早是以吟唱为目的出现的,我们比较熟悉的《诗经》和《楚辞》最早都是用来吟唱的。汉代还设立了"乐府"这一音乐机构,用于采集民间歌谣或文人的诗来配乐。后来,"乐府"从机构演变为一种诗歌体裁,并在此基础上发展出了"歌行体"。这类诗歌的特点是篇幅可长可短,句式灵活,声律和韵脚都比较自由。诗人可以像讲故事一样娓娓道来，不被篇幅束缚。白居易的《琵琶行》、李白的《梦游天姥吟留别》、杜甫的《茅屋为秋风所破歌》等，都是具有代表性的歌行体古诗。不过，本诗虽然以"歌"为题，却并不属于"歌行体"，而是一首格律严谨的五言律诗。因此在判断诗歌类型时，我们不能只看标题，还是要仔细阅读诗歌哦！

关/于/诗/人

黄省曾（1490—1540），字勉之，号五岳，吴县（今江苏苏州）人，明代文学家。黄省曾少年时才情卓著，但屡次参加考试都名落孙山，后来醉心于游历和心学，在农业和地理等方面也颇有成就，著有《西洋朝贡典录》《拟诗外传》《农圃四书》《五岳山人集》等。

古诗里的固原

上之回

唐·卢照邻

回中①道路险,萧关烽候②多。
五营屯北地③,万乘出西河④。
单于拜玉玺⑤,天子按雕戈⑥。
振旅汾川曲⑦,秋风横大歌⑧。

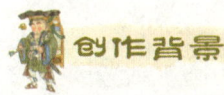 **创作背景**

《上之回》是汉乐府旧题,属《鼓吹曲辞·铙歌》,因首句"上之回"三字得名。卢照邻在这里是借汉武帝出征匈奴、巡视河东来说唐代,展现艰苦而豪迈的军旅生活。

 **细解字词**

① 回中:古驿道名,因为途经古回中宫而得名,是关中平原与陇东高原(陇山以东)间的交通要道。
② 萧关:古关名,故址在今宁夏固原东南,是关中通向塞北的交通要冲。烽候:烽火台。
③ 五营:东汉兵制,指屯骑、越骑、步兵、长水、射声五校尉(武官官职)所率部队,诗中指各个军营。屯:驻扎。北地:秦时设置的郡,在今甘肃东南部与宁夏南部一带。
④ 万乘(shèng):古时四马一车为一乘,此处形容阵势之大。西河:泛指黄河以西,主要是今天的甘肃、宁夏一带。
⑤ 单(chán)于:匈奴最高首领的称号,这里用来指代敌人的首领。玉玺(xǐ):专指皇帝的玉印,这里代指皇帝;"拜玉玺"的意思就是归顺汉朝。
⑥ 按雕戈:止兵不战,戈是古代一种长兵器。
⑦ 振旅:整军。汾(fén)川:汾河。曲:指河边。
⑧ 秋风:汉武帝曾在汾河泛舟,写下《秋风辞》:"秋风起兮白云飞,草木黄落兮雁南归。"横:这里指在秋风中泛舟。

古诗今义

回中古道地势险要,萧关周围到处都是烽火台。
军营都驻扎在北地,汉武帝亲自率兵出征河西。
敌军顺服汉室,皇帝因此息兵,不再进行战争。
士兵在汾水边整军,在秋风里泛舟,放歌言志。

教你赏析

这首乐府诗是卢照邻的代表作品,写的是汉武帝亲征匈奴,最后凯旋的故事,赞美了雄壮豪迈的军旅生活。

诗歌前四句描述了军队出征时的壮观场面。首联开门见山,描述了边塞的环境。其中,回中道是秦汉时期自长安北出萧关的交通要道,而萧关则是历史上著名的关隘,是中原通往北地的要塞。诗人非常注意炼字,仅用"险"和"多"两个字,就突出了回中道和萧关的重要地位,因而多烽火台传递讯息。紧接着,诗人描述了战前部署兵力,御驾亲征的场景。军营驻扎,兵车出动,场面壮观又浩大。虽然诗中没有正面描绘战事的激烈经过,但是依然能让人感受到战争的紧张氛围。

诗歌后四句写战争的结果和战士的状态。第三联运用了借代的修辞手法,用"玉玺"指代汉武帝,用"雕戈"指代战士,从侧面点出战争胜利,敌人归降。尾联写胜利后,战士们随军队班师回朝,途中经过汾河,抑制不住胜利的喜悦,因而放声高歌,歌声在秋风中飘荡,生动地写出了战士们大获全胜后的激动之情。

整首诗用侧面描写展现边地的豪迈,以古写今,以汉写唐,表达了诗人对于军旅生活的向往之情。

 **丝路城语**

诗歌中的回中道和萧关，都关联着固原这座城市。固原，古时也称高平，简称"固"。关于固原名字的由来，有两种说法。一种说法是，早在北魏时期，这里就设置了原州城，因为位置险固，所以得名"固原"。另一种说法是，在唐朝末年，这里被吐蕃占领，原州治所被迫内迁，原来的固原就被称为"故原州"，后来因为避讳"故"字，改为"固"，"固原"由此而来。

固原地处黄土高原六盘山北麓清水河畔，是历史上的交通枢纽、军事重地，曾是明代北方"九边"重镇之一。在汉代，为加强西北边地军事防御，汉武帝设置了安定郡，用以管理高平城（也就是如今的固原城）。据说汉武帝曾六次巡视边塞之地，每次都会经过固原境内的萧关。在抗击匈奴胜利后，他下令修通回中道，这成为固原历史上的重要事件，对城市各方面的建设和发展都起到了极大的推动作用。

随着古代丝绸之路的开通和发展，固原成为丝路北道东段的必经之地，东西方使者、商旅往来于此，带来了不同的宗教文化和奇珍异宝。中国历史上开凿最早的十大石窟之一须弥山石窟，就是佛教文化经丝路东传的见证。在固原市原州区南郊的北魏墓葬中，出土有来自波斯萨珊王朝卑路斯王时铸造的银币和银壶，这些沉睡千年的物件，也向我们传递了古代丝路上固原与西域的往来故事。

 今日印象

今天的固原是宁夏回族自治区的一个地级市，固原市内的固原古城遗址和钟鼓楼、文澜阁、禹王庙等遗迹，向我们诉说了这座城市的过往。固原的须弥山石窟、禅佛寺石窟、无量山石窟等，则向我们展现了这座丝路古城的包容性。此外，国家级自然保护区六盘山风景区也是固原的一大地标，它是中国西部黄土高原上重要的"绿岛"。毛泽东当年率领中国工农红军长征时经过此地，写下了《清平乐·六盘

▲ 俯瞰六盘山风景

山》这样脍炙人口的诗篇,诗中那句"六盘山上高峰,红旗漫卷西风"气势雄浑,也让更多人知道了六盘山。这座俯瞰丝路的大山,见证了陕、甘、宁地区的进步和发展。

原州七关有哪些?

古时候的边地常常会面临侵扰,统治者为了抵御外敌,会采取一系列措施,比如设置关卡、修建高塔,宏伟的万里长城,最初就是为了抵御外敌而修建的。唐朝为防御吐蕃攻袭,曾在固原地区设置"原州七关",包括制胜关、木峡关、石峡关、石门关、六盘关、瓦亭关(又名驿藏关)六关,剩下一关一说是萧关,一说是木崝(zhēng)关,有待我们进一步研究和考证来确认。

关于诗人

卢照邻(约630—约680),字升之,号幽忧子,幽州范阳(今河北涿州)人,唐朝著名诗人,与王勃、杨炯(jiǒng)、骆宾王因诗文齐名,世称"初唐四杰"。卢照邻一生命运坎坷,因长期的病痛,自投颍(yǐng)水而亡。有《卢升之集》《幽忧子集》传世,代表作品有《长安古意》。

古诗里的定西

自萧关望临洮①

唐·朱庆馀

玉关②西路出临洮,风卷边沙入马毛。
寺寺院中无竹树,家家壁上有弓刀。
惟怜战士垂金甲③,不尚④游人著⑤白袍。
日暮独吟秋色里,平原一望戍楼⑥高。

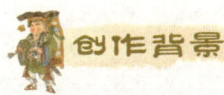 **创作背景**

中唐诗人朱庆馀（yú）曾客游西北边陲。在萧关远望时，他不禁联想到鼎鼎有名的玉门关就在更远的西边，思绪翻涌，创作了这首诗歌。

 **细解字词**

① 萧关：古关名，故址在今宁夏固原东南处。临洮（táo）：在今甘肃定西临洮县，因境内有洮河而得名。古时又称"狄道"，是边陲重镇、丝路驿站。
② 玉关：即玉门关，故址一般指今甘肃敦煌西北小方盘城。
③ 金甲：士兵身穿的铠甲。
④ 尚：仰慕。
⑤ 著（zhuó）：同"着"，穿。
⑥ 戍楼：用于边防的瞭望楼。

 **古诗今义**

临洮以西就是玉门关，狂风卷起边陲的尘沙吹入马毛的空隙。
这里的寺中没有竹林，家家户户的院墙上都挂着弓箭和长刀。
这里的人爱怜身披铠甲的战士，从不仰慕穿着白衣的游人。
我站在日落的秋景中独自沉吟，平原上的戍楼高大又孤独。

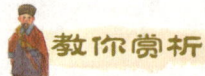 教你赏析

  这是一首七言律诗，诗人通过借助一系列西北意象，为我们描绘了边地的风景。

  诗歌的第一联"玉关西路出临洮，风卷边沙入马毛"是对边塞风貌的总写。诗人从萧关远眺临洮，一路向西就会到达通向西域的玉门关。句中用"沙入马毛"的细节，描写出边地的粗犷：风沙来势凶猛，源源不绝，以至于马毛的空隙都布满沙尘。

  第二联"寺寺院中无竹树，家家壁上有弓刀"则是对西北生活的真实写照。这里没有青青翠竹，有的是墙壁上悬挂的弓箭宝刀，从侧面表现边塞尚武的风俗。因而紧接着，诗人说当地人都喜欢身披铠甲的战士，而不仰慕身穿白袍的游人，正是因为边地战士的艰苦奋战，才能卫护国家的和平，其中的辛酸是普通人难以想象的。

  诗歌最后一联"日暮独吟秋色里，平原一望戍楼高"，勾勒出一片苍茫的远景，黄昏中旷野上耸立的瞭望楼是战士的象征，从中也暗含了戍边的孤寂与艰苦。整首诗通篇运用白描的手法，将边塞的生活景象真切地展现在了读者面前。

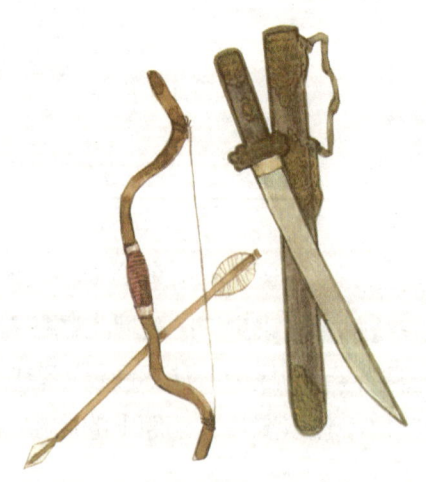

丝路城语

在中国历史上的不同时期，"临洮"所指的具体地理位置并不完全相同。比如，除了诗歌中提到的临洮县，秦代的"临洮"指的是今天的岷（mín）县，但无论是临洮县还是岷县，都属于今天的甘肃省定西市。

定西位于甘肃中部，奔流不息的洮河、渭河，以及蜿蜒起伏的岷山、陇山，共同孕育了这里的古老文化。定西素来有"甘肃咽喉，兰州门户"之称，是古代丝绸之路的必经之地。试想一下你是古代的旅人，将要前往西域，如果选择越过陇山，需要经定西，再从兰州过黄河去往河西走廊上的武威；如果选择沿渭河西行，也需经过定西，渡过洮河去往河西走廊上的张掖。因为特殊的地理位置，定西在军事上也具有重要意义，武则天的时候，在定西驻守着临洮军，任务是扼制吐蕃东进，后来临洮县的命名，和唐代临洮军不无关系。

少数民族也为定西留下了文化的印记。比如，定西市漳（zhāng）县境内，至今留着一座汪氏家族墓地，那是元代陇右王汪世显及其后裔的墓葬群，也是我国目前发现的最大的元代墓葬群。墓地借鉴了宋、金墓室砖雕的风格，墓壁上还绘有汉族传统故事；同时，陪葬品中还有一些珍贵的金冠顶、金镯以及蒙古族民族服饰。这些都证明了汉族和蒙古族融合交流的悠久历史。

今日印象

定西市内的人文景观和自然景观资源十分丰富。在距今约5000年前的新石器时代晚期，人类就已在洮河流域繁衍生息，并创造了造型多样、花纹精美的彩陶器。处在洮河流域的定西是马家窑文化、齐家文化、寺洼文化、辛店文化等史前文化的交汇地，拥有丰厚的旅游资源。定西的自然景观也令人称道，国家级森林公园贵清山森林公园是陇中黄土高原上的明珠，遮阳山、莲峰山、岳麓山、首阳山等地同样植被丰茂，古迹众多。定西还有着"中国薯都"的称号，当地人常说"土豆花开赛牡丹"，从2008年开始，已连续10多年成功举办"定西马铃薯大会"。

定西竟然有"龙宫"？

朱庆馀笔下的边地弥漫着豪迈的英雄之风。常言道，"天下李氏出陇西"，汉唐以来，"李"姓一直是人口大姓，西汉的"飞将军"李广、隋末唐初的"卫国公"李靖、晚唐著名诗人李商隐等，都是陇西李氏家族的成员。

唐朝的皇室也姓"李"，"李"姓也被视为当时的"国姓"，因有功被赐予"李"姓，对于臣子来说是一种荣耀，赐姓也使得李氏人口在唐代迅速增加。唐代的李氏祠堂（在今定西市陇西县）也称"李家龙宫"，是天下李氏族人祭祀先祖的宗祠。这一宫廷风格的建筑群规模宏大，为上、中、下三组建筑，颇为壮观。1993年以来，当地政府对"李家龙宫"进行规划和修缮，使其重新焕发活力，成为陇西旅游产业开发的重点项目之一。

关/于/诗/人

朱庆馀（生卒年不详），名可久，越州（今浙江绍兴）人，唐代诗人。唐宝历二年（826年），朱庆馀在张籍的推荐下进士及第，后任秘书省校书郎，曾在边塞游历。他的诗歌平易清新，描写细致，《全唐诗》收其诗两卷。

古诗里的兰州

金城北楼[1]

唐·高适

北楼西望满晴空,积水连山胜画中。

湍[2]上急流声若箭,城头残月势如弓。

垂竿已羡磻溪老[3],体道[4]犹思塞上翁[5]。

为问边庭[6]更何事,至今羌笛[7]怨无穷。

 **创作背景**

唐天宝十一载（752年），高适因怀才不遇辞去官职，前往长安。次年，经友人推荐，高适前往陇右节度使哥舒翰的幕府担任掌书记（唐代官职，主要掌管军政、民政要事）。他途经金城时，登上北楼远眺，因壮美的风光引发了无尽思绪。

 细解字词

① 金城：今甘肃兰州，《旧唐书·地理志》载："兰州，天宝元年改金城郡，治五泉县。"北楼：《兰州古今志》载："兰州城郭门各有楼，而北门最古。"

② 湍（tuān）：急流的水。

③ 磻（pán）溪老：指姜子牙，俗称姜太公。磻溪在今陕西宝鸡东南，河上现存有钓鱼台风景区。这里指诗人羡慕姜太公在此钓鱼，终遇文王，后来辅佐武王灭商，建功立业。

④ 体道：体会人事的规律。

⑤ 塞上翁：这里用了塞翁失马的典故，以此说明世事难料、福祸相依的道理。

⑥ 边庭：边境。

⑦ 羌笛：西北少数民族使用的一种吹奏乐器，因为出于羌族而得名，音调凄婉。

 古诗今义

从北楼向西眺望，只见晴空万里，山水相连，风景比画中还要壮美。

湍急的水声如同离弦的箭一样锐利，城头的残月如同拉开的弓一样威严。

我羡慕姜太公垂钓遇文王得到重用，也不禁思考起人生福祸相依的规律。

不知边地的近况如何，为什么直到现在，羌笛之声还传递着无限哀思呢？

 教你赏析

这首诗是边塞题材的律诗佳作，描述了诗人初到金城登上北门城楼远眺的所见所想。

诗歌首联开门见山，写诗人在北楼上看见的壮阔景色：晴空万里，山河相连，一片苍茫辽阔的气势，比静态的画作更令人震撼。第二联两句的视点一低一高，连用两个比喻，将湍急的流水声比作弓箭破空，将残月比作弯弓，两个喻体都与边地战场有关，令整座城顿时染上了紧张的气氛，也与下文写边地相照应。这两句听觉与视觉相结合，使风景的层次更加鲜明。

第三联用了姜太公钓鱼与塞翁失马两个典故。商朝末年，纣王暴虐无道。姜子牙在河边用直钩钓鱼，文王见到了，觉得他是个奇人，重用了他。姜子牙也不负所望，帮助文王的次子武王推翻商朝，建立西周。诗人高适一直到近50岁时才科举中第，担任封丘县尉，因不满官场污浊而辞官，后经田梁丘引荐，才有了这次升迁的机会。诗人在

这里用姜子牙的典故表明自己希望得到贤人赏识，建立功业，但在得到升迁机会的同时，他对福祸相依的道理有了更深刻的认识，也提醒自己不要因为得到好的机会就盲目乐观。最后一句由个人联想到边地的战争尚未结束，驻守在当地的战士们一定还有着诉说不尽的愁怨，给读者留下思考的空间。

全诗从辽阔的景色落笔，描绘出苍茫壮美的金城景象，也传达了诗人对坎坷命运的人生体会和关心百姓的悲悯情怀。

丝路城语

诗歌中的"金城"就是指今天的甘肃省省会兰州市。为什么兰州曾经叫"金城"呢？一种说法是当初筑城时挖出过金子，另一种说法是取"坚固"之意，后者与西汉修筑金城的历史密切相关。

在历史上，兰州一直是西北地区的军事重镇。汉代在河南之战和漠南之战中大败匈奴后，西北边陲基本得到了稳定。在公元前122年，汉武帝派大行令（掌管诸侯及附属国事务）李息在西北地区建立了一座军事要塞。第二年，李息决定在现在的兰州地区建立城池，取"金城汤池"之意，将此地命名为金城县。什么是"金城汤池"呢？直接的意思是金属铸造的城墙，沸水流淌的护城河，用来形容城池险固、难以攻破，表达了当时对金城的重视和期望。公元前112年，羌族围攻金城以南地区，汉武帝派遣将领战胜羌族，并将现在青海湟（huáng）水流域纳入统治范围，建立了金城郡。隋代废郡置州，因城南有皋（gāo）兰山，改金城为兰州，两个名字后来在历史上多次交替使用。

散落在兰州的黄河古渡口群标志着这里在丝路东段的重要地位，无论是军队、商队还是使团，大部分都需要从这里渡过黄河往来中原。

唐、宋时期，随着丝绸之路的发展，兰州出现了"丝绸西去，天马东来"的盛况，成为了联系西域与中原的纽带，在东西经济和文化的往来中发挥了重要作用。

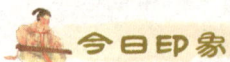
今日印象

今天的兰州是我国西北地区的综合交通枢纽，陇海线、包兰线、兰新线、兰西线在这里汇集，帮助我们在一天之内轻松穿越河西走廊。兰州城内有黄河流过，南北两侧有皋兰山和白塔山环抱，形成了"两山夹一河"的独特城市风貌。兰州市中心的黄河上，横跨着黄河铁桥，又名中山桥，1909年建成，被誉为"天下黄河第一桥"。站在黄河铁桥上可以近观滚滚黄河水奔腾而过，偶尔也能见到黄河民俗文化的代表——羊皮筏子——在河中漂荡。在兰州城关区立有"丝绸古道"雕塑，追忆了盛唐时期的丝路盛况。

▲ 黄河铁桥

 **你知道吗**

羌笛是一种怎样的乐器？

诗歌中说到的羌笛来自羌族。羌族以放牧、狩猎为生，羌笛是他们用来自娱自乐的吹奏乐器，后来传入中原，流行于甘肃、四川、云南等地。东汉《说文解字》记有"羌笛三孔"，而宋代《乐书》则记有"羌笛五孔"，这说明羌笛经历了从简单到复杂的发展过程。最早的羌笛是用鸟类腿骨制作的，后来使用竹子制作。今天我们常见的是双管形制的羌笛，两支竹管并排用细线捆绑，每支上有六个音孔，上端插上竹簧，吹奏时曲调悠长舒缓，音色清脆哀婉，别有一种风情。

关/于/诗/人

高适（约704—765），字达夫，沧州渤海（今河北景县）人，曾任散骑常侍，世称"高常侍"。高适是盛唐时期边塞诗人的杰出代表，与岑参合称"高岑"。他的诗歌语言质朴凝练，风格慷慨激昂，洋溢着盛唐时期特有的奋发进取、蓬勃向上的时代精神。有《高常侍集》传世。

古诗里的临夏

宁河城[①]

明·解缙

宁河城头百丈涌[②],
泻下通明[③]五色虹。
若到关头应驻马[④],
下瓢一饮醉春风。

 **创作背景**

明洪武三十一年（1398年），朱元璋病逝，解缙（jǐn）赶往京城服丧。当时明惠帝朱允炆（wén）听信谗言，将解缙贬为河州卫吏。宁河城就属于河州，本诗记录了诗人途经此地时所见的风景。

 细解字词

① 宁河城：现属甘肃临夏回族自治州和政县，位于自治州南部，是和政县六大古城之一。
② 百丈涌：这里指宁河城北角的滴珠山顶滴珠泉一泻而下，汇成百丈流泉。
③ 通明：十分明亮。
④ 驻马：使马停下不走。

 **古诗今义**

宁河城头看百丈流泉一泻而下，
形成一道鲜艳明亮的五色彩虹。
若是抵达关口应当要下马停留，
饮一瓢清泉，醉倒在春风之中。

 **教你赏析**

从诗题可知诗人主要描写了途经宁河城时见到的风物，我们可以跟随诗人移动的视角一起感受宁河城的美丽。

诗歌前两句"宁河城头百丈涌，泻下通明五色虹"点出了诗人所处的位置，站在宁河城城头俯瞰山川河流，滴珠山上有流水从石中飞流而下，水珠织成帘幕，水汽在阳光的照射下形成明亮夺目的彩虹，深深吸引了行路的诗人的目光。

宁河城除了给诗人以视觉享受，也带动了其他感官的体验，这就是诗人在后两句所写的"若到关头应驻马，下瓢一饮醉春风"。宁河城的泉水和白酒都是一绝，所以诗人解缙才在这里说到如若是抵达关口的人，都应该下马尝尝这儿的泉水，是别地难得的滋味，一饮下去，人都好似醉倒在春风之中，生动地表现了泉水的清冽可口。

全诗语言平实易懂，诗人让读者在视觉和味觉上都感受到了宁河城的美好。虽然此刻他处于被贬的境地，但却并未因此而消沉，也可见诗人的乐观豁达和对自然风景的热爱。

 丝路城语

诗歌中所写的宁河城位于今天甘肃省临夏回族自治州。对这里不熟悉的读者可能会把"临夏"和"宁夏"混淆，实际上，临夏也有着非常深厚的历史底蕴。

临夏古时称枹罕（fú hǎn），又因为大夏河从这里穿流而过，宋代改称为河州（古代的河州也包含今天青海省海东的部分地区）。临夏位于甘肃省中部，黄河上游，黄土高原与青藏高原交界之地；北邻兰州市,西接青海省,南面是甘南藏族自治州,东边则是定西市,因其重要的地理位置,历史上的临夏是古代丝绸之路南线的重镇,有"河湟雄镇"之称。

自古以来,临夏的商业活动便非常频繁,著名社会学家费孝通来临夏时,曾发出"东有温州,西有河州"的感叹。特别值得一提的

茶马贸易,促进交流!

是,临夏曾是汉藏"茶马互市"的贸易中心之一。茶马贸易始于唐代,中原地区主要投入茶叶,少数民族则提供羊、马等畜产,从而"以茶易马,以马换茶",于是后来就有了"茶马司"这一机构。顾名思义,茶马司就是管理与西部少数民族茶马贸易的官方机构。明洪武年间,朝廷曾在河州、洮州、秦州设置三茶马司大使,足够体现古时临夏重要的商业地位了吧!有许多从大食、波斯、粟特而来的商人留居在河州,逐渐发展出多民族聚居的地方特征。

今日印象

今天的临夏仍是一个多民族聚居地,以回族为主,也包括东乡族、保安族、撒拉族等其他少数民族。临夏文化积淀深厚,文物资源丰富,以马家窑文化、齐家文化为代表的各类文物遗址达580多处,是我国新石器文化最集中、考古发掘最多的地区之一。1950年,在临夏积石

山县三坪村出土了一件精美绝伦的彩陶瓮,它通高49.3厘米,造型优美,花纹精细,后来被誉为中国"彩陶王",列入国家一级保护文物。与"彩陶王"出土地隔黄河相望的,则是炳灵寺石窟,2014年作为"丝绸之路:长安—天山廊道的路网"中的遗址点之一,被列入《世界遗产名录》。窟内造像和壁画都十分丰富,是我国著名的石窟艺术。此外,临夏砖雕、汉族木刻、藏族彩绘和葫芦雕刻等非物质文化遗产,也都是具有代表性的艺术瑰宝。

我有4个波浪式大旋涡纹,是马家窑文化的彩陶代表作!

▲ 彩陶王
现藏于中国国家博物馆

你知道吗

你会唱"花儿"吗?

说起临夏,我们总会将其和"花儿"联系在一起,因为临夏有一项非常著名的民俗活动就叫"花儿"。这里的"花儿"不是种的植物,而是唱的歌曲,是一种流传在甘肃、青海、宁夏等地的民歌,是诗和音乐的结合,深受各族人民喜爱。自古以来就具有多民族融合发展特征的临夏,有着"中国花儿之乡"的美誉,根据曲调、格律、唱词,又可分"河州花儿"和"莲花山花儿"两大类,演唱时用临夏方言结合优美曲调,具有浓郁的地方色彩。每年农历六月初一至初六,在临夏康乐县莲花山会举行盛大的"花儿会",参与人数多达数万,场面壮观而热闹。此外,每年农历四月二十六至二十九的临夏和政县松鸣岩、农历五月初四至初五的临夏永靖县炳灵寺,也会分别举办规模较大的"花儿"活动。

关于诗人

解缙(1369—1415),字大绅,号春雨、喜易,江西吉水人,明代大臣、文学家。解缙从小聪颖过人,写作的文章和诗歌都极为优秀,书法小楷精绝,与徐渭、杨慎一起被称为"明朝三大才子"。曾主持编纂《永乐大典》,著有《解学士集》《天潢玉牒》等。

古诗里的西宁

湟流春涨①

清·张思宪

湟流一带绕长川②,
河上垂柳拂翠烟③。
把钓④人来春涨满,
溶溶⑤分润几多田。

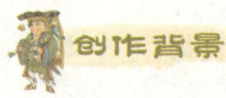 **创作背景**

清同治十四年（1875年），张思宪辞官回乡，此后长期执教于当地书院。他一边讲学，一边欣赏风景。他歌咏西宁风光的代表作《题湟中八景》为人们所传诵，本诗即是其中一首。

 **细解字词**

① 湟流：指流经西宁城北的黄河重要支流湟水，又名西宁河。春涨：春季水涨。
② 长川：连续不断的河流。
③ 翠烟：青烟。
④ 把钓：垂钓。
⑤ 溶溶：河水流动的样子。

 **古诗今义**

湟水连续不断地穿过西宁城一带，
河岸旁的垂柳在朦胧雾霭中拂动。
春季水涨吸引人们纷纷来此垂钓，
浩荡的河流润泽了两岸无数田地。

教你赏析

诗歌描绘的是一幅春日高原河景图，春天河水上涨及两岸日常风光在我们眼前徐徐展开。

诗歌前两句"湟流一带绕长川，河上垂柳拂翠烟"是对于湟水春色的直接描写。这两句用了"绕"和"拂"两个动词，使景色具有动感。浩浩奔涌的湟水穿越西宁城，然后一路向东流去。此后，我们跟随诗人的视野由远及近，看到河流两岸柳条发出新芽，河面水汽缭绕，柳枝在朦胧雾霭中拂动。

如果说前两句是单纯的写景物，那么后两句"把钓人来春涨满，溶溶分润几多田"则是对于人物的引入，使得诗歌更具生活的气息。地处西北的湟水孕育了高原千年文明，独特的地理条件使得每年春日湟水大涨，不仅满足了生活在这里的垂钓者，同时也润泽了两岸田地，为人们带来美好的生活。

整首诗语言平实，充满了春日的生机，为读者带来了"湟流春涨"的好景色，也表达了诗人对于故乡的热爱之情。

丝路城语

每到春季，气温升高，湟水上游冰川消融，"三川"——西郊河、北川河、南川河——在西宁注入湟水，令河水上涨，波澜壮阔，就形成了"湟流春涨"的景观。"湟中八景"的"湟中"指的就是古代西宁府，因为这里地跨湟水，所以又被称为"湟中地"。

西宁，古称青唐城、西平郡，地处青海省东部，是青藏高原的东方门户，一座有着两千多年历史的高原古城。西宁是古代丝绸之路南线和"唐蕃古道"（唐朝与吐蕃之间的交通要道）的必经之地，自古以来就是西北交通要道和军事重地，有着"西海锁钥"、"海藏咽喉"的别称。秦以前，西宁是羌、戎（róng）等游牧民族居住的地区。直到公元前121年，汉代骠（piào）骑将军霍去病

进军湟水流域，在西宁修筑了军事据点西平亭，西宁才正式被纳入西汉的制度系统。其名字中也包含着"西陲安宁"的愿望。

　　西宁有着源远流长的历史文化、得天独厚的自然资源和绚丽多彩的民俗风情，并且凭借其优越的地理位置，成为丝路上的物资集散地和商品交易枢纽。考古学家曾在西宁城内发现过76枚波斯萨珊王朝银币，这些银币向我们诉说了历史上的东西往来。南北朝时期，由于河西走廊一带战乱频繁，交通梗阻，与河西走廊几乎并行的丝绸之路青海道便成为重要干道，此后在宋代也曾发挥了重要作用。在这条干线上，西宁同样是一处重要的集散地，为往来的使节和商人提供驻足点。明代的西宁和临夏一样，设立有官方机构茶司马，管理与少数民族的"茶马互市"。

今日印象

　　今天，昔日的高原古城已发展为一座现代化大都市。西宁是青海

▲ 塔尔寺白塔（之一）

省省会，也是青藏高原上最大的城市。西宁是入藏旅途的枢纽站，同时也是青藏高原的交通枢纽，在这里形成了公路、铁路、航空运输为主的立体交通网络。古代西宁在连接东西的同时，也留下了灿烂的历史文化。在西宁市中心的青海省博物馆里，波斯银币、唐代丝绸、敦煌经卷等藏品，向我们诉说了西宁的历史故事。地处西宁市湟中区的塔尔寺，是西北地区藏传佛教的活动中心，该寺初建年代可以追溯至明洪武年间。西宁的自然风景也值得一看，土楼山、青海湖、日月山等自然风景都极为著名。

你知道吗

"湟中八景"还有哪些？

作为西宁人的张思宪，用《题湟中八景》来表达对于故乡的感情，那么除了以"湟流春涨"为主题的本诗以外，你一定会好奇另外的七景还有哪些呢？它们分别是石峡清风、金娥晓日、文峰耸翠、凤台留云、龙池月夜、五峰飞瀑和北山烟雨。这些景点的名字都非常风雅，景致更是优美。"石峡清风"是西宁城外的一道奇峻雄伟的小峡口；"金娥晓日"是指金娥山上雄奇瑰丽的日出；"文峰耸翠"在自然景观中寄寓着人们期盼文化繁盛的愿望；"凤台留云"是凤凰山上凤凰台所见的磅礴景象；"龙池月夜"是一眼珠玉般喷涌的泉水；"五峰飞瀑"

以五峰山上的众多泉水而闻名,被古人认为是"八景"之冠;最后,"北山烟雨"则是指土楼山上北禅寺的玲珑景观。这些景点今天仍然吸引着许多中外游客前往参观。

关于诗人

张思宪(1829—1896),字慎斋,号友竹,甘肃西宁人。清咸丰十一年(1861年)在科举考试中取得廷试第一,曾在边城引起轰动。曾为四川永宁县(今叙永县)知县,后辞官归乡,在书院讲学,被世人誉为"湟中高士,陇右名家"。著有《鸿雪草堂诗集》。

古诗里的武威

凉州词①

唐·王翰

葡萄美酒夜光杯②,
欲饮琵琶③马上催④。
醉卧沙场⑤君莫笑,
古来征战几人回?

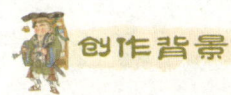 **创作背景**

　　王翰曾受宰相张说（yuè）引荐任驾部员外郎（主管车马的副官）。唐开元十年（722年），张说任朔方节度使前往灵州（今宁夏灵武县）任职，王翰写诗为他送行。虽然我们不知道王翰是不是也一同前往，但《凉州词》的写作很可能与此事有关。

 细解字词

① 凉州词：唐代曲名，原是凉州（今甘肃武威）一带的乐曲，唐代诗人多为之作词，用此题来表现边塞生活。
② 夜光杯：据东方朔的《海内十洲记》记载，周穆王时，西域曾敬献用白玉制成的杯子，夜晚能发出光亮，还能自动盛满美酒。诗中借精美的酒杯指代为战士送别的盛宴。
③ 琵琶：古代常见的弹拨乐器，又称"批把"，最早见于东汉刘熙《释名·释乐器》："批把本出于胡中，马上所鼓也。"
④ 催：在饮酒时奏乐助兴，也可理解为劝酒。
⑤ 沙场：空旷的沙地，古时多指战场。

 **古诗今义**

　　精美的夜光杯中装着上好的葡萄酒，
　　正准备喝时却听见马上传来琵琶声。

你可千万不要笑话我醉倒在战场上，
从古至今征战沙场有几人能归来呢？

宋朝人郭茂倩编撰的《乐府诗集》中记载，《凉州》是开元年间西凉府都督郭知运搜集整理后进献宫中的曲子，后来诗人们为曲填词，就有了《凉州词》。王翰的这首千古名诗，曾被明代大学者王世贞推为"唐人七绝压卷之作"，意思就是这首诗是超越同类作品的、最出色的作品！

诗歌一、二句描写了军中聚会的场景。诗人将"葡萄美酒"与"夜光杯"两个典型的西域物象放在句首，尽管没有具体动作，但浓厚的边塞风情扑面而来，一场丰盛的酒宴在读者眼前展开。第二句则结合动作描写和听觉描写，点明这是战士们出征前欢宴的场面，进一步渲染气氛的热烈。关于"马上催"有两种理解，一种认为是弹奏乐曲催促战士们骑马上阵，另一种则认为是乐师们在马上弹奏琵琶，让战士们尽兴痛饮。不管是哪种解读，一个"催"字，都道出了琵琶声的急促激昂，渲染了出征前的豪迈气象。

三、四句是自白，也是问询。诗人先以幽默的口吻请读者不要笑话战场上的醉酒之人，然后提出问题：从古至今，奔赴战场的人有几个能回来呢？历朝历代，无休止的征战牺牲了大量战士。他们前一晚还听着军乐痛饮，第二天却可能已经战死沙场。酒宴的美好与战争的残酷形成了对比，巨大的悲与喜的反差，隐藏在热烈的氛围之下。

全诗气势昂扬，雄壮豪放，一方面展现了战士们以身报国、视死如归的英勇气概，另一方面也表达了厌倦征战、怜悯战士的悲壮情怀。

丝路城语

诗题中的凉州既有着葡萄美酒和西域珍品，同时也见证了战事与朝代的更迭。凉州位于河西走廊的东端，战国以前曾是北方游牧民族的领地。到了汉武帝时期，经过河西战役，匈奴大败，于是汉朝在河西地区设置了武威郡、酒泉郡，之后又从中分出张掖郡、敦煌郡，著名的"河西四郡"就是这样形成的。其中，武威郡属于凉州刺史部，治姑臧（zāng）——也就是今天的甘肃武威。十六国时期的前凉、后凉、南凉、北凉，都曾在此建都；唐代则在此设立了凉州都督府，以便掌握河西乃至整个西域的情况。

凉州是古代丝绸之路出长安，西行至河西走廊的第一大站。凉州水土丰饶，流传着"凉州大马，走遍天下"的民谣。这里的农民不仅广种粮食，还种植桑麻葡萄，养蚕酿酒。汉唐以来，这里便是丝路贸易的重镇，一些胡商长住在这里，进行贸易工作。最具代表的就是《北史·西域传》中记载的粟特人了，他们以擅长经商著称。

不过，作为抵御外敌的战略要地，凉州也始终与边塞军旅生活相连，以《凉州词》为题的诗歌大多描写边塞。唐诗中的"凉州"也总是带有怀乡之愁，比如岑参的《凉州馆中与诸判官夜集》："凉州七里十万家，胡人半解弹琵琶。琵琶一曲肠堪断，风萧萧兮夜漫漫。"

今日印象

今天我们说到凉州的时候，一般就是指甘肃省武威市。这里的高山雪原与沙漠绿洲相互交映，形成了独特的自然景观。由于在历史上曾受到不同宗教文化的影响，武威地区留下了许多相关古迹，如莲花

山接引寺、白塔寺、鸠摩罗什寺、天梯山石窟等，这些寺院和石窟都是不同的文化经由丝绸之路东传的重要见证。武威最著名的文物要数"铜奔马"，又被称为"马踏飞燕""马超龙雀"，是1969年在武威市雷台的一座汉代古墓中出土的。这座青铜器高34.5厘米，长45厘米，宽13厘米，马儿三足腾空，右后足则踩在展翅的鸟儿身上，神形兼备，姿态俊美。1983年，这一形象被确定为中国旅游标志，武威也有了"中国旅游标志之都"的美誉。

你知道吗

"夜光杯"是什么杯？

王翰这首脍炙人口的诗歌不仅给我们描绘了边塞军旅生活，其中的"葡萄美酒夜光杯"更是让读者充满了好奇。虽然上文我们说到了东方朔曾记载过周穆王和夜光杯的故事，但那毕竟是一种传说，那么"夜光杯"到底是什么杯呢？一种普遍的观点是，夜光杯用酒泉当地

的祁（qí）连玉制成，质地细腻，因为工艺精巧，杯壁薄如纸张，在月光的照射下能透出光亮，所以叫夜光杯。另一种观点则认为，这里的夜光杯很可能就是古代从西域进口的玻璃杯，在烛光下闪闪发亮，玻璃杯配葡萄酒，于是就有了"葡萄美酒夜光杯"。

关于诗人

王翰，生卒年不详，字子羽，并州晋阳（今山西太原）人，是初唐时期著名的边塞诗人。王翰年轻时性格豪放，喜爱饮酒游乐，写作的诗歌也多是壮丽之辞，但作品多已散佚。《全唐诗》存其诗一卷。

古诗里的张掖

甘州即事①
明·郭登

黑河②如带向西来,河上边城自汉开③。
山近四时常见雪,地寒终岁不闻雷④。
牦牛互市番氓出⑤,宛马⑥临关汉使回。
东望玉京⑦将万里,云霄何处是蓬莱⑧。

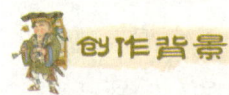 **创作背景**

明景泰八年（1457年），大将郭登被贬甘肃，他看到西北甘州地区的自然风光和民俗风物，有感而发，便写下了此诗。

 **细解字词**

① 甘州：即张掖。即事：眼前的事物。
② 黑河：发源于祁连山，又名黑水、张掖河，是河西走廊三大内陆河流之一。
③ 边城：即甘州。自汉开：指汉武帝时期，霍去病大败匈奴后，汉朝先后设武威、酒泉、张掖、敦煌四郡。
④ 山：即祁连山。这两句描绘了祁连山顶的积雪和甘州当地的气候。
⑤ 牦（máo）牛：一种全身有长毛的牛，可适应高海拔地区的气候。番氓（méng）：指少数民族。此句描写边地的贸易活动。
⑥ 宛马：《史记·大宛列传》中记载了西域大宛国盛产良马，后来泛指北地所产的好马。
⑦ 玉京：这里指当时明朝的都城燕京，即今天的北京。
⑧ 蓬莱：唐朝蓬莱宫，即大明宫，这里用来指代明朝的皇宫。

 **古诗今义**

黑河如同一条带子向西不断奔腾，河岸的甘州城自汉代便已存在。

祁连山上一年四季都覆盖着积雪，城中却常年都鲜少听雷声响起。少数民族来到甘州进行贸易活动，使者们带着西北宝马回到甘州。我向东远眺寻找万里之外的京城，云岭深处哪儿才是皇家宫殿呢？

这是一首意象丰富、音韵谐美的七言律诗，诗人描绘了甘州当地的见闻，同时也抒发了自己的怀乡之情。

诗的前两联交代了甘州的地理环境和自然气候。首联运用比喻的手法，将黑河比作一条长长的带子，生动地展现了黑河连绵不断，向前奔涌的形态。这条长长的黑河孕育了甘州的历史，在汉武帝时期这里便有了张掖郡。

第二联和第三联对仗工整，分别展现了甘州当地的自然气候和生活样态。甘州地处内陆，临近白雪皑皑的祁连山，当地是典型的大陆性气候，终年少雨，因此很少能听到雷声。与气候的特殊性一样，边地的生活也和中原有所不同。"牦牛互市"和"宛马临关"是边地才有的繁忙场景，"番氓出"和"汉使回"用一组对照，将一去一来的东西交往表现得颇具动态，这两组场景也从侧面体现了甘州城重要的地理位置。

虽然诗人生动地描绘了西北边陲的景象，但独在异乡的他，仍然难以掩饰对返回京城的渴望，因此才有了"东望玉京"，找寻都城的状态。

整首诗用极短的篇幅，将甘州这座历史名城的地理环境、气候变化以及风俗民情展现在我们面前，同时也真切地表达了诗人对重回京城、为国效力的殷切期盼。

丝路城语

我们在前面说过，汉武帝时期设立了"河西四郡"，其中就包括"张国臂掖，以通西域"的张掖郡。张掖位于河西走廊的中部，北有龙首山、合黎山等为天然屏障，南有白雪皑皑的祁连山，左右有黑河、山丹河环绕，西北接应新疆，东南可守卫关中，在地理上具有重要意义。西魏时，张掖改称"甘州"，传说这个名字来源于当地的一座甘泉，后来成为了"甘肃"之"甘"的来源。这里也曾经被作为北凉的国都，是历史上重要的政治、经济和文化中心。

张掖是古代丝绸之路上的重要驿站，汉代的张骞、班超在去往西域时，都曾途经张掖。隋炀帝时期，朝廷曾派外交专家裴（péi）矩，前往张掖主持"互市"活动。当时的张掖是一个多民族聚居地，民族间的贸易活动十分活跃。张掖"互市"不仅能促进隋代经济的发展，也对稳定西北边地、保障丝路畅通具有积极作用。隋大业五年（609年），隋炀帝亲自率领队伍从长安前往张掖，并在张掖焉支山下举办了一场

我是政治家、外交家、地理学家裴矩。如果你想了解西域，可以读我编写的《西域图记》哦！

"万国博览会"。明代嘉靖年间，在张掖地区设立的甘州茶司马，同样也是管理与少数民族"互市"贸易的官方机构。

自古以来，张掖就有"金张掖"的美称，作为历史文化名城，今天的张掖依然吸引着无数中外游客前往参观。我们能在张掖看到大佛寺、西来寺、土塔、镇远楼、山西会馆等古代建筑，黑水国遗址、汉墓群、古城墙、马蹄寺石窟群等历史遗迹。其中，大佛寺内存有目前国内最大的室内卧佛，身长达34.5米。除了浓厚的历史文化底蕴，张掖的自然美景也十分引人入胜。山丹军马场、张掖国家湿地公园，还有享有"世界十大神奇地理奇观"美称的张掖丹霞地质公园，都已成为今日张掖的代表景观。

▲ 丹霞地貌

你知道吗

最古老的军马场在哪里？

在张掖市山丹县南部的祁连山区大马营草场，有着全世界历史最悠久的军马场——山丹军马场。早在西汉时期，骠骑将军霍去病大败匈奴，经焉支山到祁连山，便在此处屯兵养马，此后就成了历朝历代的军马养殖中心。今天广为流传的"山丹马"是一种混血马，20世纪50年代，我国引入苏联顿河马与场内基础马杂交培育，经过多阶段育种工作，得到了匀称结实、耐力持久的山丹马。

今天的山丹军马场是亚洲规模最大、世界第二大的马场，这里也曾是《牧马人》《文成公主》《王昭君》等影视剧的拍摄地点，每年都吸引着大量游客前往观光，感受骑马、赛马、马术表演的魅力。

关于诗人

郭登（？—1472），字元登，临淮（今安徽凤阳）人，是明朝开国功臣武定侯郭英之孙。明景泰元年（1450年），郭登率八百骑兵击破数千敌军，被封为定襄伯。后英宗复位，郭登被贬至甘肃戍边，明宪宗即位后重新被起用。郭登在政治上军功卓著，在文学上也很有成就，其诗或沉雄浑厚，或委婉生动，与父兄的诗作合刻为《联珠集》。

古诗里的酒泉

过酒泉忆杜陵别业①
唐·岑参

昨夜宿祁连②,今朝过酒泉。
黄沙西际海③,白草④北连天。
愁里难消日⑤,归期尚隔年。
阳关⑥万里梦,知处杜陵田。

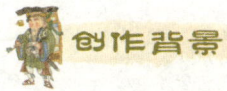

唐天宝八载（749年），岑参随安西四镇节度使高仙芝第一次出塞，任节度使府掌书记（掌管一路军政、民政机关的重要秘书）。诗人赴任途中经过酒泉，看到无边无际的沙漠，不禁思乡心切，梦回杜陵。

① 酒泉：今甘肃酒泉。杜陵别业：岑参在长安郊外的一处居所。
② 祁连：唐代置祁连戍，位于酒泉郡东南。
③ 际海：连接着大沙漠。际，接。海，指沙漠。
④ 白草：俗称芨（jī）芨草。
⑤ 消日：度日，消磨时光。
⑥ 阳关：古代关名，故址在今甘肃敦煌西南，自古与玉门关同为出塞必经之地。

昨天夜里我在祁连戍留宿，今天再度启程时途径酒泉。
黄沙向西与浩瀚沙海相连，茫茫白草向北蔓延至天边。
在思乡的愁闷中难以度日，想返回家乡却是遥遥无期。
我在出塞的途中梦回长安，梦里又回到我的杜陵居所。

教你赏析

　　唐天宝八载，岑参经高仙芝的推荐出塞任职，这年初冬，他就开始了赴任的旅程。辞别陇山，取道河西走廊抵达敦煌，又从阳关一路向西跋涉，两个多月后，历经险阻的岑参终于到达了安西都护府（在今新疆库车）。这首诗写作于诗人赴任途中，描绘了路经酒泉时的所思所感。

　　开篇"昨夜宿祁连，今朝过酒泉"用简洁的语言，交代了时间和事件：经过一夜的休息后，诗人又继续踏上了向西的旅途。紧接着"黄沙西际海，白草北连天"两句，用夸张的手法来写景，"际"与"连"两个动词，为我们勾勒出塞外的真实景象：黄沙相连形成浩瀚的沙海，茫茫白草不断向天边蔓延，带给读者粗犷雄浑的阅读感受。

　　后四句诗人抒发了自己的情感。"愁里难消日，归期尚隔年"写的是诗人归期遥遥、度日如年的心情，初次出塞，对家乡的思念和对前途的迷茫令他郁郁寡欢。在《日没贺延碛（qì）作》这首同期写下的作品中，更直白地反映了他复杂的心绪："沙上见日出，沙上见日没。悔向万里来，功名是何物。"最后的"阳关万里梦，知处杜陵田"则是思乡之情的自然流露。唐代，有些官员会在京城的住宅之外再营建一座郊外别墅，也就是"别业"，据说岑参的别业在京城郊外杜陵山上。在漫长的路途中，诗人不知何时才能踏上归途，所以梦中总有万里外的家园，以此来排解心中的愁苦。

　　这首诗中出现了许多地名，却并不让人觉得繁琐、枯燥，而且诗人将标题里的"酒泉"和"杜陵别业"两个重要信息巧妙地拆进了诗歌前两句和最后两句，更显示出运笔的匠心。

丝路城语

酒泉，古代又称肃州，位于河西走廊西部，是"甘肃"之"肃"的由来，也是古代丝绸之路上的重镇。祁连山区的积雪为河西走廊带来了充足的水源，早在4000年前，酒泉地区就出现了人类活动的痕迹。在汉武帝之前，酒泉是羌、戎、月氏（zhī）、匈奴等游牧民族的活动区域。汉武帝时期，名将霍去病进军河西，将匈奴人驱逐至玉门关外，汉王朝在河西设立酒泉郡，保障丝路的畅通。酒泉郡也从此成为中原通往西域的门户之一，与武威郡、张掖郡和敦煌郡共同构成了河西走廊上的重要驿站。

值得一提的是，关于酒泉的名字和霍去病西征之间有个故事。相传，霍去病率领骑兵万余人西征，经焉支山大破匈奴后，远在长安的汉武帝大喜过望，派人给霍去病送去御酒。于是豪爽的霍去病命令把酒水倾入驻地的一眼泉水中，与所有将士一同分享美酒。从此，当地就有了"酒泉"之名。虽然这个故事大概是后人杜撰的，不过这也从侧面反映出，"酒泉"这个名字总寄寓着人们对充满英雄、美酒和豪情的边地的想象。大诗人李白就曾在诗中写道："天若不爱酒，酒星不在天。地若不爱酒，地应无酒泉。"

今日印象

今天的酒泉早已没有了当年的金戈铁马、烽火狼烟，但在酒泉公园（又名泉湖公园）这一古典园林内，我们可以一览清代的"西汉酒泉胜迹"与"汉酒泉古郡"石碑，那里还有左宗棠亲笔题写的"大地醍醐（tí hú）"匾额。园内保留着一眼有着两千多年历史的清泉，令我们联想到霍去病西征时的传说。此外，市内的酒泉鼓楼和晋城门也是值得一看的古迹。

你还记得前面诗人王翰写下的"葡萄美酒夜光杯"吗？在酒泉，你将会看到许多由祁连玉制成的精美杯具。如果你想去著名的酒泉卫星发射中心，一定要提早出发，因为酒泉卫星发射中心并不在酒泉，而是在距酒泉市200多公里外的内蒙古自治区阿拉善盟额济纳旗境内。

你知道吗

"白草"是一种什么样的植物？

诗歌中提到的"白草"，其实就是广泛生长在我国东北及西北地区的草滩和砂土上的芨芨草。这种植物秆直立，叶纵卷，质坚硬。别看它的外表毫不起眼，但用途可多着呢！芨芨草的环境适应能力非常强，能在盐碱地生存，具有良好的防风固沙、保持水土的作用。由于芨芨草长得很高，在别的植物都被白雪掩埋的冬天，它就成了马牛羊等动物主要的食物来源。芨芨草的老茎还可以用来造纸、编制箩筐、做扫帚等。此外，它也有很高的药用价值，茎、花、果、根都能入药，具有清热止血的功效。

关/于/诗/人

岑参（约715—770），荆州江陵（湖北江陵）人，因官至嘉州（今四川乐山）刺史，所以世称"岑嘉州"。唐天宝三载（744年），岑参进士及第，后两次出塞，先随高仙芝到安西、武威，后又往来于北庭、轮台间。其诗风格雄浑，意象新奇，色彩瑰丽，与高适同为盛唐边塞诗派代表，合称"高岑"。有《岑嘉州集》传世。

古诗里的敦煌

望敦煌

唐·佚名[①]

数回[②]瞻望[③]敦煌道,
千里茫茫[④]尽白草[⑤]。
男儿留滞[⑥]暂时间,
不应便向戎庭[⑦]老。

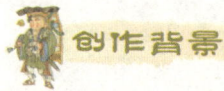 **创作背景**

唐建中二年（781年），包括敦煌在内的河西地区，均被吐蕃攻陷，与中原几乎音信隔绝。本诗作者可能就是一位"陷蕃"文士，以诗表达对家乡的怀念。

 **细解字词**

① 佚（yì）名：无名氏，指身份不明或无从得知其姓名的人。
② 数回：数次，多次。
③ 瞻（zhān）望：远望，眺望。
④ 茫茫：形容浩大辽阔，没有边际。
⑤ 白草：芨芨草。
⑥ 留滞（zhì）：停留，滞留。
⑦ 戎庭：古代称西北边疆各部族为戎庭。此句表达了诗人对于回归家乡的渴望。

古诗今义

我无数次远望通向敦煌的道路，
极目所见是无边无际的芨芨草。
但是我滞留在异域只是暂时的，
决不就此臣服吐蕃，直至终老。

教你赏析

　　1900年，道士王圆箓（lù）在敦煌莫高窟发现了大量古代文书，后来统称"敦煌遗书"。本诗为敦煌遗书伯2555卷中的一首，是具有代表的"陷蕃诗"，反映出唐朝末年边地的动荡，以及普通百姓在命运辗转中的痛苦与坚守。

　　首句是动作描写，诗人开门见山，点出"望敦煌"的动作；"数回"是多次的意思，从这一动作中体现了诗人对家乡的思念之情。第二句是远望所见的具体景象——道路仿佛没有尽头，只有白草绵延千里。在前面一首诗中我们说过，白草就是芨芨草，是一种生命力极强的植物，在贫瘠的土地上依然可以生存。我们可以想象，芨芨草灰白色的草尖在灰蒙蒙的天空下，更显出枯寂与荒凉，正与诗人的心境相契合。

　　诗人多次远望道路，为什么不能回到家乡？带着这样的疑问，我们继续读下去。原来，他是滞留在了这里。根据敦煌遗书的年代和作品内容，我们可以推断作者应该是唐朝末年的汉族人。当时，唐朝国力衰减，西域地区的吐蕃日渐强盛，并占领了河西地区，一些唐朝军队的士兵和文人被扣押在当地，无法返回故乡，只能以文字传递思念。诗人在三、四句中表达了自己积极的人生态度，他相信自己只是暂时地留在异乡，一定会有机会再次回到中原。

丝路城语

　　敦煌，古代又称沙州，位于河西走廊的西端，南临祁连山，西接罗布泊，北靠北塞山，东有三危山，土地平坦肥沃，光照充足，自古便是人们赖以生存的绿洲。从战国至秦代，这里先后生活有月氏、乌孙、匈奴等游牧民族,所以有学者认为,"敦煌"可能和"祁连"一样,是少数民族语言的音译。

随着汉代征战匈奴的胜利,河西走廊被正式纳入汉朝版图。汉武帝先后设立武威、酒泉、张掖、敦煌四郡,又在敦煌郡设阳关和玉门关,将秦长城修至玉门关,构筑了汉朝坚固的军事防线。

除军事价值,敦煌在丝路贸易的往来中也发挥了重要作用。汉代,从长安出发,到达河西走廊尽头的敦煌后,丝路可以分为南北两条路线:南道出阳关,经若羌、和田,越葱岭(今帕米尔高原)至印度诸国;北道出玉门关,经吐鲁番到大宛、拂林诸国。到了唐代,增添新北道(原来汉代的北道后来被我们称为"中道"),出敦煌经哈密,往地中海方向前行。三道交汇的敦煌自然是往来中原和西域的中转站,既为行路者提供生活补给,也为东西方贸易提供平台。粟特商人依旧最为活跃,还在敦煌建立了粟特人聚落从化乡。

东西方的文化也在敦煌汇聚、交融。在印度佛教文化的影响下,公元366年,僧人乐僔(zǔn)在敦煌鸣沙山东面的断崖上开凿石窟,那是莫高窟的第一个洞窟,此后规模不断壮大,隋唐两朝新修石窟达千余个!如果你有机会去敦煌游览,一定记得去看看这一丝绸之路上的奇观。

▲莫高窟第96窟俗称"九层塔"

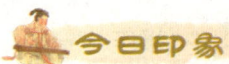 今日印象

今天的敦煌是甘肃省县级市，地处甘肃、青海、新疆三地的交汇处。我们前往敦煌再也不用像古人一样长途跋涉，火车与飞机都能帮助我们直达这座历史文化名城。位于敦煌市西南的鸣沙山和月牙泉形成了一道独特的沙漠景观，分别与"敦煌八景"中的"沙岭晴鸣"和"月泉晓彻"相对应。丝绸之路上的阳关与玉门关早已辉煌不在，但空旷的遗址仍能引发我们的无限遐思。集绘画、雕塑和建筑艺术于一体的敦煌莫高窟，1961年被列为全国第一批重点文物保护单位，1987年被列入《世界遗产名录》，每年吸引无数国内外游客前往参观。2016年，敦煌研究院酝酿多年的"数字敦煌"资源库平台上线，通过互联网向全球分享了30个石窟的高清图像（包括榆林窟2窟、莫高窟28窟），为优秀传统文化的传承与发展提供了新思路。

▲ 月牙泉景色

"敦煌学"是一门怎样的学科？

前面说过，本诗来源于敦煌莫高窟中发现的敦煌遗书。1930年，著名史学家陈寅恪提出"敦煌学"这一概念，从最初的敦煌藏经洞文献研究，到后来的敦煌遗书、敦煌石窟艺术、敦煌史地、敦煌学理论等综合性研究，敦煌学不断发展，成为研究、发掘、整理和保护敦煌艺术与文化的重要学科。

由于敦煌的许多文物长期流落海外，国内的敦煌学曾一度落后于国外；但自20世纪80年代以来，随着我国一代又一代学者的不断努力，国内敦煌学的成果取得了相当的成就。著名学者季羡林是中国敦煌吐鲁番学会的终身会长，他曾历时十余年，主持编辑了240万字的《敦煌学大辞典》。

古诗里的哈密

哈密①

清·史善长

杨柳来时秃,今归绿满城。
土松宜艺果②,沙阔旧屯兵③。
贸易杂夷夏④,飞鸣有燕莺。
风光殊岭北⑤,指点⑥笑颜生。

创作背景

清嘉庆二十年（1815年），时任江西余干县知县的史善长因"失察"罪被流放到乌鲁木齐，三年之后被召回，往返均经过哈密。这首诗写的就是他东归时重返哈密的所见所感。

细解字词

① 哈密：位于新疆东部，汉称伊吾或伊吾卢，唐称伊州，是从边地通向中原道路上的一座重要城市。
② 艺果：种植果子。
③ 屯兵：驻扎军队。
④ 夷夏：即当时的少数民族与汉族。
⑤ 岭北：指五岭以北，大庾（yǔ）、骑田、都庞、萌渚（zhǔ）、越城为五岭，分布于湖南、江西、广东、广西的交界地。
⑥ 指点：以手点示。

古诗今义

我初到哈密时，杨柳光秃秃的；如今归来，映入眼中的是满城柳绿。这里土壤疏松，适合种植果子；沙地平阔，曾经是驻扎军队的要地。往来的商人有少数民族和汉族；飞鸣的鸟儿是燕子与黄鹂。
这里的自然风光与岭北截然不同；指点之间，我不禁流露出了笑颜。

教你赏析

这首五言律诗平白如话，温和有趣，阅读的时候带给人身临其境的感觉。首联"杨柳来时秃，今归绿满城"描绘了哈密的今昔对比，也暗合诗人三年间西行又东归的命运轨迹。在中国古典文学中，"杨柳"是常见意象，前面我们也提到了古人有折柳送别的习俗。这里的"杨柳满城"有春回大地、生机盎然之感，符合诗人踏上归途的心境，言辞之间不乏惊喜和欣慰。

"土松宜艺果，沙阔旧屯兵"和"贸易杂夷夏，飞鸣有燕莺"两联，最能体现出诗人敏锐的诗眼和细腻的感受。清代被流放西边的官员很多，在流放的路途上难免会哀怨。不过史善长注意到的，是边地的物产和活泼的民风。在尾联"风光殊岭北，指点笑颜生"中，史善长既总结了边塞自然风光、风俗人情的独树一帜，也用"笑颜"表达了自己喜悦的心情。

这首诗主要描绘了边塞生活平和从容的一面，但在史善长的另一首诗歌《至哈密》中，哈密则有着另一番面貌：黄沙、冰山和狂风令人进退两难，甚至发出了"此身能得几回死，骨肉拚吹化虫豸（zhì）"的感慨。诗句的意思是说，在如此恶劣的环境下，我这备受摧残的身心足够死去几回呢？恐怕连骨肉都要被摧毁风化，变成小虫子吧！可见，同一题材，创作的时机、心境不同，传递的感情也必然会有所不同。

丝路城语

汉以前，曾有一些东天山地区的游牧民族在哈密留下足迹，后来乌孙人迁居后在此建立王都，乌孙王的称号"昆莫"（库木勒）成为

哈密的代名词，又渐渐演变为"昆吾""伊吾"等称号。唐代设立伊州，哈密成为丝绸之路北道上的重镇，至今仍有"西域襟喉，中华拱卫"和"新疆门户"之称。

我们不妨再回顾一下，唐代丝绸之路从长安出发，至河西走廊后出敦煌分为三条道路，其中一条自敦煌经过哈密，西行前往古罗马帝国。其实，唐以前的丝绸之路主要就是南、北两道，但唐朝的时候，波斯帝国凭借贸易中转地的优势，垄断了中国的丝绸贸易，使得前往中国经商的粟特人和拜占庭人不得不另辟蹊径，这就促成了经哈密的新北道的诞生。新北道开通后，西域诸国不断派遣使节到长安与中国互通有无，形成了"伊吾之右，波斯以东，职贡不绝，商旅相继"的盛况。

哈密土壤肥沃，适合屯垦戍边、生产军粮，是一块珍贵的绿洲。于是，人们在哈密的巴里坤盆地建起了一座城镇，也就是今天所说的"大河唐城"。古城呈长方形，中部有一道城墙将其分为东西两个小城，分别为主城和附城。大河唐城是哈密规模最大的唐代古城遗址，考古学家们在城中发现的陶器、铜镜、铜佛、莲纹瓦当等文物，均是典型的唐代遗物，向今天的人们诉说了丝路边城的往事。

▲ 大河唐城遗址

今日印象

即便你还没有造访过新疆，恐怕也不会对哈密这个地名感到陌生，哈密的特产哈密瓜、哈密大枣早已成为许多"吃货"的最爱。今天的哈密已不再孤悬塞外，兰新铁路上的哈密站使甘甜可口的哈密瓜果走向千家万户，也方便我们能在哈密巴里坤的岳公台—西黑沟遗址群、石人子沟遗址群，看到古代游牧民族留下的墓葬、居址和细腻的岩画。据说，哈密的维吾尔族、哈萨克族姑娘在出嫁时必须亲手绣一套"嫁妆"，因此当地的民间刺绣非常有名。如果你有机会来到哈密，不妨找一找，街上有没有戴花帽、穿彩衣的少男少女。这些具有特色的服饰既是当地人的日常服装，也是可爱精美的民族工艺品。

▲ 哈密刺绣花帽

你知道吗

古代也有流行音乐吗？

哈密作为古代丝绸之路上的交通枢纽，受到了不同地区、不同民族的艺术熏陶。比如在音乐方面，哈密就形成了独树一帜的音乐风格，既富于西域歌舞的缠绵悠扬，又融合了中原一带的豪放悲壮，其代表就是《伊州曲》。这一来自古代哈密的民间音乐,后来由唐代西凉节度使盖嘉运敬献宫中,经加工后风行于宫廷内外,不仅深受皇帝和士大夫喜爱,还发展为街市里巷的流行音乐。许多唐代诗人曾在诗里提到《伊州曲》,如"新教小玉唱伊州"(白居易《伊州》)、"滕王阁上唱伊州"(李涉《重登滕王阁》);王维创作的《送元二使安西》还被填入《伊州曲》中进行歌唱,演唱时往往一唱三叹、循环往复,被称为"阳关三叠"。从敦煌莫高窟中发现的《敦煌曲谱》中就包含《伊州曲》,能帮助今天的我们重新了解这一古曲的奇妙旋律。

关 / 于 / 诗 / 人

史善长(约1768—1830),字春林,浙江山阴(今浙江绍兴)人,清代著名边塞诗人。曾任江西余干知县,清嘉庆二十一年(1816年),因失察被革职,流放新疆乌鲁木齐,三年后赦还。著有《味根山房诗钞》。

古诗里的吐鲁番

高昌王①所画蒲萄②熊九皋藏

元·成廷珪

玉关③西去火州城④,
五月蒲萄无数生。
今日江南池馆⑤里,
万株联络水晶棚⑥。

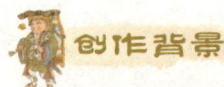 **创作背景**

元代因葡萄酒的生产扩大,南方也广种葡萄,本诗就是以葡萄为主题的题画诗,画师是高昌王,画作被熊九皋收藏。所谓题画诗,就是在绘画的空白处题诗,是结合了文学与绘画的独特的中国艺术形式。

 细解字词

① 高昌王:元朝封爵,为诸王第三等级封号之一,授驼纽金印。
② 蒲萄:即葡萄。
③ 玉关:即玉门关。
④ 火州城:即吐鲁番,因吐鲁番盆地夏季炎热,素有"火州"之称。
⑤ 池馆:池苑馆舍,泛指园林和屋舍。
⑥ 水晶棚:指葡萄架,这里把葡萄比喻为水晶。

古诗今义

出玉门关西行才能到达吐鲁番,
那里在五月会结出无数的葡萄。
但是如今在江南的池苑馆舍里,
上万株葡萄也能够搭出水晶棚。

 **教你赏析**

　　这首诗虽然只是一首简短的题画诗，但诗人通过运用对比、衬托等手法，匠心独具，使小诗也具有了精巧的艺术性。

　　诗歌前两句"玉关西去火州城，五月蒲萄无数生"是虚写。众所周知，在诗词文化中，玉门关是边塞的象征。每每说到玉门关，人们就会联想到王之涣的"春风不度玉门关"（《凉州词》）、王昌龄的"孤城遥望玉门关（《从军行》）等名句。在这里，诗人并没有直接说火州城是多么的遥远，而是说它还在玉门关的西面，这就衬托了火州的远。同时，诗人也没有面面俱到地陈述边城的特点，而是撷取了其中一个侧面，也就是"五月蒲萄无数生"的独特风貌进行展示，简明扼要地交代了吐鲁番盛产葡萄的特点，也为下文诗句做了铺垫。

　　后两句"今日江南池馆里，万株联络水晶棚"是转折之笔，是诗人当下想表达的内容。曾经遥远的吐鲁番葡萄，如今在江南竟也能繁茂生长了，就像水晶一样令人欣喜。和成廷珪（guī）同时代的元代大诗人萨都剌（là）曾在其《蒲萄酒美鲥鱼味肥赋蒲萄歌》中写下"金盘露滑碎白玉，银瓮水暖浮黄酥"，盛赞扬州的葡萄酒光泽晶莹、天下无双，从中反映出元代的扬州已经大规模种植葡萄了。

　　不要忘记，本诗是一首题画诗，可是在诗中，我们丝毫看不出诗人"为画而诗"的目的，而是自然地结合了绘画与现实，赋予了诗歌生活气息。

 丝路城语

　　诗歌中的火州，即吐鲁番，位于新疆中东部，四面高山环绕，形成自然的山间盆地。北部的博格达雪山为当地提供了丰富的水资源，使这里成为适合人类生存的绿洲。昼夜温差大的气候特点，反而是种植瓜果的有利条件，为吐鲁番带来了"葡萄城"的别称。据学者研究，吐鲁番地区是新疆最早出现现代农业的重要区域之一，所以就不难理解，为什么明代的《西域番国志》会把"吐鲁番"解释为突厥（jué）语中的"丰饶之地"。

自古以来，吐鲁番就是古代丝绸之路上的枢纽。两汉时期，车（jū）师人（初名姑师）居住在吐鲁番地区，建立交河城；由于车师在汉代丝路北道占据重要位置，汉朝曾多次与匈奴对战，争夺车师。魏晋南北朝至隋朝，吐鲁番盆地的统治归属于高昌国，高昌成为胡商经营东西贸易的中转站，还设有专门的客馆接待各方客使。

随着唐朝的建立和发展，高昌被纳入唐王朝的版图，并改为西州，主管西域的安西都护府也在此建立了（后来迁往龟兹）。西州成为唐代西域最大的后勤基地，也是唐代丝路中道的咽喉地段，与伊州、庭州互为犄角，是经营西域的核心之一。各地物产在这里汇集，来自中原的布帛、糖、醋成为古代西州的热销商品。

▲ 高昌故城遗址 · 讲经堂

 **今日印象**

今天的吐鲁番是新疆维吾尔自治区的地级市,作为兰新铁路和南疆铁路的交汇地,这里依然占据着重要的地理位置,往西是乌鲁木齐和天山以北地区,往南就进入了巴音郭楞(léng)蒙古自治州。吐鲁番机场和G30连霍高速公路(连云港—霍尔果斯)也大大方便了人们前往"葡萄城"一览城市风貌。丰厚的历史赋予了吐鲁番丰富的文化资源——交河故城是世界上目前保存最完好的生土建筑城市,高昌故城则是西域留存下来最大的古城遗址(据说当年唐僧曾在这里宣扬佛法)。这里还有大家熟悉的火焰山,而穿过火焰山的葡萄沟、桃儿沟、吐峪(yù)沟等狭长沟谷却绿树成荫,构成了火焰山的独特风景。

▲ 交河故城遗址 · 佛寺

 **你知道吗**

葡萄是外来水果吗?

阅读《诗经》,你会发现一篇名为《葛藟(lěi)》的作品。葛藟是一种分布广泛,生长于山坡、林边或路旁的葡萄科植物,别名野葡萄。

不过，今天我们在市场中常见的葡萄，其实是"外来"品种。汉武帝时期，张骞出使西域，了解了当地的风土人情，也发现了许多中原没有的农作物品种，回来后，他将自己的见闻都汇报给了汉武帝，并受到了高度重视。司马迁在《史记·大宛列传》中根据张骞的报告，记载了大宛国地区以"蒲陶"为酒——"蒲陶"这一名字是根据当时国外的读音记录下来的，"蒲桃""蒲萄"等都是历史上葡萄的别称。从那以后，中原地区也开始种植西域来的葡萄，葡萄酒酿造的技术也逐渐成熟。葡萄和葡萄酒文化在唐时已经非常繁盛，到了诗人成廷珪生活的元代，葡萄酒已成为上层社会中最常见的饮品。

关于诗人

成廷珪（生卒年不详），字原常，一字元章，又字礼执，一作芜城（今江苏扬州）人，又作兴化（今江苏兴化）人。好读书，工于诗，与杨维桢、危素、杨基、张雨、倪瓒（zàn）等互相写诗应答。著有《居竹轩集》。

古诗里的乌鲁木齐

乌鲁木齐
清·福庆

红山①冈下巩宁城②，
红庙③前头唱太平。
共道山川灵秀聚，
北门锁钥伏波营④。

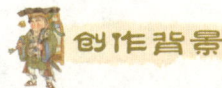 **创作背景**

清朝嘉庆年间,诗人福庆曾被派往镇守迪化(今新疆乌鲁木齐),并撰写了一组题为《异域竹枝词》的诗歌,本诗就是其中一首。为了方便阅读,我们为本诗加了标题。

 **细解字词**

① 红山:位于今天乌鲁木齐市中部,俗名红山嘴子,因为岩壁呈赭(zhě)红色而得名。
② 巩宁城:始建于清乾隆三十七年(1772年),由乾隆皇帝亲自命名,有"巩固安宁"的意思;清同治三年(1864年)毁于战火,城墙遗址保留在今乌鲁木齐市沙依巴克区。
③ 红庙:清代曾在乌鲁木齐置迪化府,城北红山顶上有一座红色庙宇,因此"红庙子"也曾是乌鲁木齐的别称。
④ 锁钥(yuè):比喻军事上非常要重的地方。伏波营:这里借用了东汉伏波将军马援的典故,"伏波"有着镇守一方的意思;"伏波营"在此泛指军营,暗示了乌鲁木齐重要的军事地理价值。

 **古诗今义**

红山的山脚下有座巩宁城,
红庙的庙前歌唱岁月安宁。

此地钟灵毓秀,为人称道,
军营整肃彰显了军事价值。

  本诗语言质朴,意象通俗,诗人用四句诗,将自己在乌鲁木齐所见的景象整体呈现在读者眼前。

  一、二句"红山冈下巩宁城,红庙前头唱太平"采用了铺陈的手法,像相机一样把眼前的场景真实还原了出来,不仅为读者交代了巩宁城地靠红山的地理位置,也点明了当地的两个地标:红山与红庙。同时,这两个地标的结合也间接向我们介绍了始于清代乾隆年间的红山庙会,这在当时是一项重要的民俗活动,也从侧面表现了因边地的安定,才有了诗歌中的热闹景象。

  三、四句"共道山川灵秀聚,北门锁钥伏波营"是承接前两句的发挥。"共道"后面的内容也是第二句所说的"唱太平"的内容,那么大家"共道"的是些什么呢?从诗中不难看出,一是称赞乌鲁木齐当地的山川灵秀,二是歌颂了其重要的军事意义,从而表达了走访边地的诗人对于祖国的热爱之情。

  整首诗看似平淡,却正是"竹枝词"的特色所在。竹枝词本是由古代巴蜀民歌演变而来的,长于吟咏风土,往往能够比较鲜明地表现出地域文化的特征。福庆借《异域竹枝词》展现了新疆当地的社会风貌,可以称得上是一部"西域风俗史诗"了。如果有时间,你可以找找组诗中的其他诗歌来赏析一下。

丝路城语

乌鲁木齐位于天山中段北麓、准噶（gá）尔盆地南端，北与昌吉回族自治州相接，南与巴音郭楞蒙古自治州相邻，东南部又与吐鲁番接壤，处在亚欧大陆中心区域，自古以来就是沟通东西商贸的重要枢纽。

战国时期的乌鲁木齐属于古车师国，他们主要从事畜牧业和农业。西汉形成了"十三国之地"——十多个游牧部落在乌鲁木齐及其周边地区生活。随着唐代对丝绸之路新北道的开拓，乌鲁木齐的地理价值也随之凸显。唐贞观十四年（640年），天山北麓设庭州，后改称北庭。据《新唐书》记载，庭州下有金满、轮台、后庭、西海四县，其中的轮台县就在今天的乌鲁木齐一带（汉代也有轮台，与唐代轮台不同，在天山南麓），唐开元年间，出北道者需要在轮台纳税才能继续向前。

乌鲁木齐的大发展主要是在清代。清乾隆二十年（1755年），清政府平定准噶尔叛乱，在今天的乌鲁木齐九家湾一带筑垒屯兵，并将此地定名为"乌鲁木齐"，此后又修筑城池，被乾隆皇帝赐名"迪化"。从此，乌鲁木齐从汉唐时代的小城，发展成了边地的政治、经济、军事中心。

▲ 清代迪化银元的两面示意

 今日印象

今天的乌鲁木齐是新疆维吾尔自治区的首府，有着"全国文明城市""国家园林城市""全国双拥模范城市""中国优秀旅游城市"等称号，有许多民族在这里共同居住，形成了多元而具有活力的城市风格。

在《吉尼斯世界纪录大全》中，乌鲁木齐是世界上最内陆、距离海洋和海岸线最远的大型城市（距海洋约2500公里），但这并不影响其丰富的自然景观。乌鲁木齐市内的红山、鉴湖，市郊的高山冰雪、山地草原，为游客观光和探险提供了丰富资源。各民族的文化艺术、风情习俗，构成了具有民族特色的人文景观，新疆国际大巴扎（维吾尔语的"巴扎"意思就是集市）、新疆民街民俗博物馆、二道桥市场，吸引了无数游客驻足。乌鲁木齐丝绸之路冰雪风情节，也已成为这座丝路城市特有的城市名片。

 你知道吗

为什么乌鲁木齐也有阅微草堂？

说起乌鲁木齐，还有一位不得不提的清代大学者——纪晓岚。清乾隆三十三年（1768年），纪晓岚因为泄露了朝廷机密，差点被杀头。乾隆皇帝看中纪晓岚的才华，赦免了他死罪，将他流放到新疆乌鲁木齐。两年后，纪晓岚在回京的路上，写下160首《乌鲁木齐杂诗》，记录自己在当地的所见所感。在他的《阅微草堂笔记》中，也有多篇文章记载了乌鲁木齐的风土人情和民间故事。这些诗文为后人了解乌鲁木齐的历史和文化提供了多样的参考。

今天，我们到乌鲁木齐人民公园，能看到专门开辟的"岚园"，这是以原有建筑"阅微草堂"为基础扩建而成的。园内设有岗亭、碑林、塔院等，表达了今天的人们对于纪晓岚的怀念。

关于诗人

福庆（？—1819），字仲余，号兰泉主人、用拙道人等，钮祜禄氏，满洲镶黄旗人。曾任清代贵州巡抚、兵部尚书等职。著有《兰泉诗稿》和《志异新编》。

古诗里的昌吉

北庭作[①]

唐·岑参

雁塞通盐泽[②],龙堆接醋沟[③]。

孤城[④]天北畔,绝域海西头[⑤]。

秋雪春仍下,朝风夜不休。

可知年四十,犹自未封侯[⑥]。

 **创作背景**

唐天宝十四载（755年）春，年过四十的岑参第二次出塞，到北庭节度使封常清幕府中任职。本诗不仅描绘了诗人眼中边地奇异的自然风景，也表达了他对于自己一直功业未成的无限慨叹。

 **细解字词**

① 北庭：唐朝曾在天山北麓设立了北庭都护府、北庭大都护府和北庭节度府，在今新疆昌吉回族自治州吉木萨尔县北约12公里处。
② 雁塞：指险要之地。盐泽：即蒲昌海，也就是今天的罗布泊。
③ 龙堆：即白龙堆，位于天山南部，是古代丝绸之路上一处艰险的沙漠。白龙堆的长条状土丘群横卧在罗布泊东北部，又因土台主要由砂砾、石膏泥和盐碱构成，颜色呈灰白色，在阳光下会反射银光，所以就有了"白龙"的说法。醋沟：在白龙堆沙漠北缘，又名酸水。
④ 孤城：指北庭治所庭州城。
⑤ 海西头：遥远的西方。
⑥ 封侯：封拜侯爵，这里指作者希望自己能够建功立业，获得显赫功名。

 **古诗今义**

雁塞与蒲昌海互通，白龙堆与醋沟相接。
庭州城在天山北面，那里是遥远的西边。

雪从秋天下到来年春天，大风终日不止。
我今年已四十多岁，却仍没有建功立业。

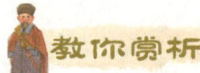

我们对于唐代边塞诗派的代表诗人岑参一定不陌生，他创作的边塞诗歌意象独特、风格雄奇，为我们展现了唐时的军旅生活和异域风俗。而这些边塞诗佳作与诗人自己的经验是密切相连的，他曾先后到过武威、轮台、北庭等边地。在前面的《过酒泉忆杜陵别业》中，第一次出塞的诗人思乡心切，而创作这首诗时，诗人渴望能在西北边地干一番大事业。

诗歌前四句连续出现"雁塞""盐泽""龙堆""醋沟"四个地名，为我们勾勒出北庭的地理位置。这些地方的共同特点在于雄奇广阔，但都是险关要塞，遥远荒凉；再加上此后"孤城"和"绝域"两个词语，读者马上就能感受到北庭环境的孤绝和荒凉。

"秋雪春仍下，朝风夜不休"两句则突显了西域恶劣的气候特点：一是冬季漫长，天气严寒，雪从秋天下起，直到第二年春天才能结束；二是多风，从白天到黑夜，都不会停止。恶劣的气候，突出了作者身处环境的恶劣。

诗歌最后一句，诗人从自然环境转到自己的人生。他感慨自己年龄已至不惑（四十岁），却还没有建立功业，这表明诗人在北庭任判官时，未得到提拔重用，无缘施展自己的热情和抱负，有功业未成的感慨和哀愁。

总体来看，这首诗意境雄浑，风格豪迈，是一篇描写边塞生活的脍炙人口的佳作。

丝路城语

岑参曾经到过的北庭，位于今天的新疆昌吉回族自治州内，古代也称庭州。昌吉州地处天山北部，准噶尔盆地南缘，汉代车师国一分为二后，其中的车师后国夏都王庭就设置在此，这可能就是"庭州"一名最初的来源。

古代的昌吉州不仅是军事重地，也是交通要塞。为了重新打开丝路贸易的通道，唐贞观十四年（640年），唐太宗派大将侯君集率军出征高昌，唐军取得大胜。同时，西突厥也臣服唐朝，于是唐太宗下令在原本西突厥的可汗浮图城（在今昌吉州吉木萨尔县）设立庭州，与伊州、西州共同作为唐朝在西域的军事中心。唐长安二年（702年），武则天在庭州设立北庭都护府，后来又升级为北庭大都护府，管辖天山以北广大地区，与管辖天山南麓的安西都护府共同卫护边地。唐代选择丝绸之路北道前往西域，就会从昌吉经过。

虽然随着历史的进程，北庭都护府消失了，但这里依然是丝路上的重镇。9世纪中期，高昌回鹘（hú）王国建立后，将这里作为政治中心，又称"别失八里"，在突厥语中是"五城"的意思。别失八里与明朝的来往十分密切，入供的马匹、玉器、织物等贡品，深得明成祖朱棣（dì）的喜爱。

 **今日印象**

今天的昌吉回族自治州，早已不再像诗人岑参描述的那样萧瑟而荒芜。昌吉州风景瑰丽，位于自治州阜（fù）康市的天山天池景区是国家5A级旅游景区，古代又称"瑶池"，有"天山明珠"的美誉。吉木

萨尔五彩城是准噶尔盆地中不容错过的景观——2亿年前沉积下的煤层燃尽后，烧结岩堆积，经过地壳运动和风雨侵蚀，形成了这种怪异而壮美的景象。2014年，历史上的丝路重镇吉木萨尔北庭故城，作为"丝绸之路：长安—天山廊道的路网"中的一处遗址点，被列入《世界遗产名录》，城内的建筑、文物、壁画等遗迹，留下了这片土地上多民族文化交融的印迹。

▲ 北庭故城遗址

"龙堆"是一番怎样的景象？

我国西北地区鬼斧神工的雅丹地貌常常令人感到惊叹，其实诗歌中的"龙堆"也是典型的雅丹地貌。20世纪初，欧洲的考古学家斯坦因和斯文·赫定先后前往罗布泊考察，结束后他们向东前往哈密，在沿途发现了令人惊奇的白龙堆。这些在风蚀中形成的土丘连绵起伏，

▲ 白龙堆雅丹

如同一座巨型雕刻展览馆，向人们展示着狮子、游龙、城堡、巨型蘑菇等"雕刻"。维吾尔语把这种地貌称为"雅丹"，意思是"陡壁的土丘"，这种说法后来获得了国际地理学界和考古学界的公认，于是就有了"雅丹地貌"这一名称。《中国国家地理》曾将新疆乌尔禾雅丹、白龙雅丹堆和三垄沙雅丹评选为中国最美的三大雅丹；其中，白龙堆雅丹被誉为"最神秘的雅丹"。

关于诗人

岑参（约715—770），唐代著名边塞诗人。盛唐时代，他创作的边塞诗数量最多，成就最突出。他两次出塞写的西域写景诗，表现出不同的风格和主题，第一次主要抒发思乡之情，第二次则在奇山异水中注入爱国豪情。这些作品不仅为传统的写景诗引入了新的元素，而且还表现出英雄主义气息，突破了中国传统山水文化，对于后世有深远影响。

古诗里的伊犁

伊犁纪事诗

清·洪亮吉

一旬①蝴蝶已成团,
便拟②开筵宴谪官③。
携得百花洲④畔法,
种来莺粟⑤大如盘。

 **创作背景**

洪亮吉在为官期间因为上书直指时弊,触犯皇帝,被贬至伊犁,期间他写作了《伊犁纪事诗》四十二首,描写塞外风光,戍边生活,以及当地官员对伊犁的贡献等,本诗就是其中一首。

 细解字词

① 旬:时间单位,一旬为十天,因此一个月可以分为上、中、下三旬。
② 拟:打算。
③ 筵(yán):筵席。谪(zhé):贬谪。此句意思是诗人想要在花儿盛开的地方宴请和自己一样被贬戍边地的官员。
④ 百花洲:诗人在这首诗下方自注:"陈巡抚寓斋莺粟独盛,有五色如盘者,盖江西所携来之种。"因此这里的百花洲可能就是指江西南昌东湖一带的百花洲。
⑤ 莺粟:即罂粟。清代,新疆多地种植有罂粟,当时主要被作为一种观赏植物。

 **古诗今义**

不过十来天,蝴蝶已经在成群飞舞,
我想开设筵席,招待在这里的朋友。
从百花洲畔,学来种植罂粟的方法,

种出如盘的罂粟，和客人一同观赏。

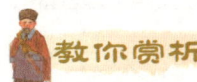

本诗用十分朴素的语言，为我们展示了诗人在伊犁任职期间的生活图景。

诗歌前两句交代了时间和事件。诗人并未直接表明当时处于什么季节，但是从"蝴蝶已成团"，我们可以推断出时值春季，正是万物生长、欣欣向荣的时候。蝴蝶飞舞的场景让诗人萌生出要开设筵席的想法，招待与他同样被贬至伊犁的官员。后两句则运用了比喻的修辞手法，写用中原地区的种子和种植方法，种出了花大如盘的罂粟，与前一句开设筵席的计划相联系，在这样一片鲜花盛开的美景中宴请友人，正好可以增添一番趣味。

整首诗给人一种恬淡自然的阅读感觉。诗人用通俗易懂的语言，将他的日常生活展现在我们眼前。洪亮吉是被贬至伊犁惠远城的，在《伊犁日记》中，他曾描绘了自己西行路上饱经风雪的磨砺，但是我们在这首诗中却丝毫感受不到他的悲伤和感慨。面对这大好春光，诗人宴请好友，及时行乐，即使在伊犁这样的边陲之地，也向我们传达了豁达乐观的心境。

诗人到访的伊犁惠远城，位于今天的新疆伊犁哈萨克自治州霍城县。伊犁,在蒙古语里是"光明显达"的意思,古时候也称"伊列""伊丽""亦烈",地处天山北部的伊犁河谷。这一独特的地理位置造就了伊犁宜牧宜农的自然条件,自秦汉以来,这片丰茂的土地上留下了众多民族的文化痕迹。

伊犁是古代丝绸之路北道上的重镇,从乌鲁木齐到伊犁,是丝路北道上的一段要道。汉代张骞出使西域时,曾派副使出使乌孙国,那乌孙国属地在哪儿呢?其实就在今天的伊犁河一带。公元前119年,张骞第二次前往西域的时候,转达了汉朝与乌孙国联合的意愿,此后两国的和亲增进了汉朝与西域之间的交往。

清朝平定准噶尔后,认为伊犁在西域的地位非常重要,于是便设清代新疆最高军政长官——伊犁将军(全称"总统伊犁等处将军"),驻地就在诗人到过的惠远城。清朝在新疆建省以前,惠远城一直是新疆的首府,周围还建有八座拱卫城,统称"伊犁九城",对于边地的发展和稳定起到了重要作用。

今日印象

今天我们提起伊犁,最令人印象深刻的就是那美丽的自然环境。

新疆四方远离海洋，且大部分地区气候干燥，降雨量十分有限，但是伊犁河谷却成为一个特例。这里四面开阔，常年湿润，处在其中的伊犁哈萨克自治州便有了"塞外江南"的美称。伊犁州内的那拉提草原、喀拉峻草原都是国家5A级旅游景区，据说后者是乌孙国的夏都。昔日繁盛的惠远城虽然如今仅存有北面、东面部分的城墙，以及老东门土墙墩，但这里仍是新疆的地标，城内的钟鼓楼是新疆仅存的历史较为久远的传统高层木质结构建筑。此外，夏塔也是伊犁的一个著名景点，在蒙古语中是"阶梯"的意思，相传唐僧西行翻越的"凌山"就是夏塔古道。

你知道吗

"旬"字的意思有哪些？

"旬"这个字在我国有着十分悠久的历史，甲骨文中便已经出现了这个字，有"周遍循环"的意思；发展到金文时中间加了一个"日"字，于是有了我们今天所熟悉的"旬"的字形，表示与时间有关的含义。

十天为一旬是"旬"最初的意思。唐代曾有一种官员休假制度，称为"旬休"，就是每十天休息一天。后来也有把十岁也称为一旬的，

比如"九旬老人"就表示九十岁的意思。在古汉语中常常能见到"旬日""旬月""旬年"这样的词语:"旬日"就是指十天,有时也指十来天;"旬月"指一个月,也可以指十个月;而"旬年"可以指一年,也可以指十年。当然,现代人对于"旬"的用法,更常见的是将一个月分为上旬、中旬和下旬。

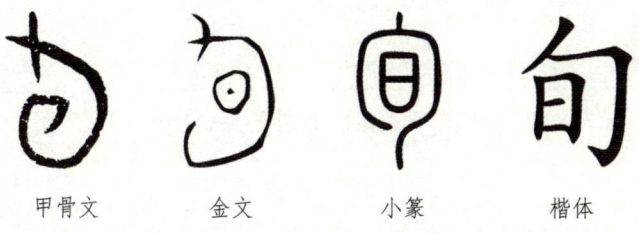

甲骨文　　金文　　小篆　　楷体

关于诗人

洪亮吉(1746—1809),字君直,一字稚存,号北江,晚号更生居士,阳湖(今江苏常州)人,清代文学家。洪亮吉一生爱好游览名山大川,其诗多写景咏物,留下了许多山水名篇。他在被贬伊犁期间,除《伊犁纪事诗》,也写作了《天山歌》《安西道中》等描绘塞外风光的佳作。著有《更生斋诗文集》《北江诗话》等。

古诗里的巴州

塞下曲(其一)
唐·李白

五月天山雪①,无花只有寒。
笛中闻折柳②,春色未曾看。
晓战随金鼓③,宵眠抱玉鞍④。
愿将腰下剑,直为斩楼兰⑤。

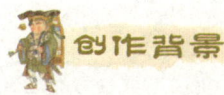 **创作背景**

唐代的《塞上曲》和《塞下曲》源于汉乐府《出塞》《入塞》等曲。李白借这一唐代流行的乐府题目,曾创作了《塞下曲》六首,用来表现边塞军旅生活,抒发情感,本诗是其中的第一首。

 细解字词

① 天山雪:指祁连山上常年覆盖积雪。
② 折柳:即《折杨柳》曲,属汉乐府《横吹曲》,多表现离别。
③ 金鼓:金,指金属打击乐器。战斗中用击鼓鸣金指挥作战,号令进退。
④ 玉鞍:用玉装饰的马鞍。
⑤ 楼兰:汉代西域国名,后改名为鄯(shàn)善,遗址在今新疆巴音郭楞蒙古自治州若羌县境,罗布泊西。这里借用了汉代傅介子出使西域,斩杀楼兰王的典故,代指为国抗敌。

 **古诗今义**

农历五月的祁连山依旧白雪皑皑,没有鲜花只有寒凉。
竹笛吹奏的《折杨柳》悠悠传来,春日好景无处可寻。
白日跟随着金鼓的敲击奋勇进军,夜晚抱着马鞍休息。
我愿能挥起腰中佩带的利剑出击,将那敌人斩于沙场。

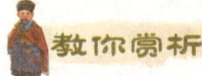 教你赏析

　　诗人李白虽然没有像岑参、高适那样真正去往边地，却仍然借唐代流行的乐府题目，创作了一首风格激昂的边塞主题诗歌，展现了盛唐时代的昂扬精神。

　　诗歌的前四句是第一部分，借边塞之景侧面书写边地生活。"五月天山雪"描绘了常年被积雪覆盖的祁连山，后一句将边地的景象凝聚在"寒"字上，用极为冷静的笔调交代了生活环境的清苦。边塞没有瑞丽的春光，只能在《折杨柳》的悠悠笛声中，怀念家乡的景象。诗人通过简洁的语言和常见的意象，为读者描绘了一派苍凉的景象。

　　诗歌的后四句是第二部分，由漫漫思绪转入紧张的军旅生活。诗人分别描写了号令战斗的"金鼓"和睡眠中也抱着的"玉鞍"，从侧面烘托了军纪的严明与战事的激烈，边地的日与夜极为生动地展现在我们眼前。末句承接了这种热烈的氛围，借用了汉代傅介子出使西域，计斩楼兰王的典故，表达了边塞将士为国抗敌的愿望。"愿将"和"直为"都是一种主观的意愿，慷慨有力，拔高了诗歌的气氛。

　　整首诗歌气象开阔，情境交融，塑造了苍凉而雄壮的边塞景象。

 丝路城语

　　"楼兰"这个名字你一定不陌生，无论是李白笔下的"直为斩楼兰"，还是王昌龄诗中的"不破楼兰终不还"，神秘的楼兰古国给了我们无限遐思。古楼兰所在的新疆巴音郭楞蒙古自治州，更是为我们记录了古代丝绸之路上的风起云涌。

　　巴州位于新疆东南部，境内有高山、盆地、河流、沙漠和平原绿洲，

古代丝路中道和南道从这里穿过,无论是汉代的张骞和班超,还是唐代的玄奘,都曾在巴州留下足迹。在这片广袤而多样的土地上,曾经存在过西域三十六国中的十一国:楼兰、若羌、且末、小宛、戎卢、山国、乌垒、焉耆(qí)、尉(yù)犁、渠犁、危须,并且大多数都处在丝路的要冲位置。这些"城国"和"行国"(与"城国"相对固定的都城不同,"行国"大多为游牧政权,追逐水草而居)的建制也常常变化,有的消失了,有的则被兼并。

唐贞观二十二年(648年),朝廷在龟兹、于阗(tián)、疏勒和焉耆设立"安西四镇",其中的焉耆镇就在原焉耆国境内(在今巴州焉耆回族自治县)。和其他三镇一样,焉耆镇对西北的稳固和丝路的畅通都起到了重要作用。此外,焉耆产的焉耆马敏捷而耐跑,自古以来便享有盛名,古人常常会在远距离运输和传信中使用焉耆马。今天的焉耆马已成为焉耆县的"特产",帮助当地村民增收致富。

我温驯敏捷,结实耐跑。

▲ 焉耆马

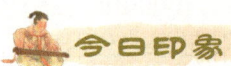 今日印象

"巴音郭楞"是蒙古语的音译,意为"富饶的流域"。今天的巴州下辖八县一市,全州行政区划为47.15万平方公里,约占新疆总面积的四分之一,是中国面积最大的地级行政区。在巴州,有许多"中国之最":中国最大的沙漠塔克拉玛干大沙漠,中国最长的内陆河塔里木河,中国最大的盆地塔里木盆地,中国最大的内陆淡水湖博斯腾湖,中国最大的高山野生动物保护区阿尔金山自然保护区……横贯塔克拉玛干沙漠的塔里木沙漠公路,堪称世界公路史上的奇迹。

作为古代丝路上的重要站点,巴州还拥有众多历史文化名胜,如铁门关、楼兰古城遗址、米兰古城遗址、锡克沁千佛洞(又称"七个星明屋")等,构成了巴州闻名遐迩的人文景观。

▲ 楼兰古城三间房遗址

 你知道吗

"楼兰美女"是谁呢?

楼兰曾是丝路上极为繁盛的西域国家,但是在公元4世纪左右,

便从史书中消失了。有人推测，楼兰古国的消失与缺水有关，因为在公元3世纪时，流入罗布泊的塔里木河下游因风沙淤塞而改道，处在罗布泊北岸的楼兰不得不迁移他方。1979年，新疆考古研究所组织了楼兰考古队对这个神秘的古国进行了全面考察。在那里，考古学家们发现了形状奇异的楼兰古墓，并在其中看到许多保存完好的木乃伊。其中，有一具干尸裹在极为精美的织物和羊皮中，大眼睛高鼻梁的轮廓依然清晰可辨，于是人们便将其称为"楼兰美女"。"楼兰美女"距今约有三千多年，是迄今为止新疆出土年代最早、保存最完整的干尸，但"楼兰美女"的身份，至今仍未解开。

关/于/诗/人

李白（701—762），字太白，号青莲居士，出生于剑南道绵州（今四川绵阳江油市青莲乡），一说出生于西域碎叶城（今吉尔吉斯斯坦托克马克），有"诗仙""诗侠""谪仙人"等称号，是唐代伟大的浪漫主义诗人，与杜甫并称"李杜"。其诗取材广泛，想象瑰丽，浪漫奔放，对后世诗歌创作影响深远。有《李太白集》传世。

古诗里的库车

库车①（其四）
清·易寿崧

戍楼几处挂斜阳②，萧飒③风生夏日凉。
数点牛羊归欲暮，两三户口即成庄。
远山忽起边云黑，中夜愁看塞月黄④。
倦客⑤犹然兴不浅，残书细读倚胡床⑥。

创作背景

易寿崧（sōng）曾经在镇西直隶厅（驻地在今新疆哈密巴里坤哈萨克自治县）和疏勒直隶州（驻地在今新疆喀什疏勒县）任职，本诗就是他在新疆工作时写下的《库车》四首中的一首。

细解字词

① 库车：地名，在今新疆塔里木盆地北部。汉代属于龟兹国地，唐设立龟兹都督府，置龟兹镇，后来为安西都护府驻地。
② 戍楼：边防驻军的瞭望楼。斜阳：即将落山的太阳。
③ 萧飒（sà）：拟声词，形容刮风的声音。
④ 中夜：半夜，大概在晚上十点至凌晨两点之间。塞月：边塞的月亮。
⑤ 倦客：客游他乡而对旅居生活感到厌倦的人。
⑥ 胡床：古时一种可以折叠的轻便坐具。

古诗今义

戍楼在一道斜阳下站立，萧瑟的晚风给夏日带来阵阵凉气。
牛羊在日暮中回到圈舍，不过两三户人家就构成一处村庄。
远方山川忽然聚起黑云，夜半起来不禁对着昏黄月色发愁。
塞外游子兴致依然不减，坐着胡床细细品读还未读完的书。

教你赏析

诗人在边疆工作期间，可能到过旷远寥落的库车，于是写下了四首七言律诗，这里选了第四首进行赏析。

全诗可分为两部分，前四句首先为读者整体勾勒了库车傍晚的景象。一、二句写夕阳下的戍楼和夏日的凉风，通过这两个意象表现边地的辽阔萧瑟和早晚温差较大的细节。在这幅远景中，诗人将目光移向库车的生活场景：傍晚，牧民赶着牛、羊等家畜准备归家，结束一天的放牧生活。这里人烟稀少，只有几户人家，更进一步表现出边地的广袤无垠，不禁给人一种孤独感。

随着时间的流逝和黑夜的来临，这种孤独感也越发强烈。五、六句描绘了库车夜半的情景，"远山""边云""塞月"的辽阔意象放大了夜晚的思乡之情。同样是一轮明月，但边塞的月亮好像与家乡的月亮不同，一个"愁"字直接表明了身处异乡的诗人内心的孤单与愁闷，试图通过阅读来排解内心的苦闷。

整首诗用情景交融的手法，表现了辽阔苍茫的边地晚景图，流露出诗人浓厚的思乡之情。

丝路城语

库车，地处曾经的西域三十六国中的龟兹国地，所以从前也称龟兹、丘慈、屈支，北倚天山，南临塔里木盆地，是古代丝绸之路北道上的明珠。

龟兹国与汉朝交往十分密切。汉宣帝时，龟兹王绛宾娶解忧公主（西汉楚王的孙女，汉武帝以其为公主嫁给乌孙国王）的女儿弟史为妻，夫妇二人一同前往长安朝拜，并将汉朝的服饰和礼仪带回龟兹。汉神爵二年（公元前60年），汉宣帝下令设立西域都护府，维护丝路南道和北道的稳定。虽然此后在西域和中原的纷争中，丝路曾一度中断，但东汉时，威震西域的班超重新打通此道，并被任命为西域都护，当时的都护府就设置在龟兹。前面说到过，唐代有安西都护府，统领龟兹、于阗、焉耆和疏勒四个军镇。唐显庆三年（658年），唐朝将安西都护府的驻地迁往龟兹，龟兹既有"府"又有"镇"，足见它在军事和地理上的重要地位。

作为丝路上的明珠，库车一带的龟兹文化举世闻名。在东西方交往中，龟兹的建筑、壁画、雕塑、乐舞等艺术，都对中原产生了一定影响。龟兹是西域的佛教中心，也是最早派僧人前往中原传播佛教的，最著名的就是鸠摩罗什。他在长安居住了近12年，带领弟子和僧人翻译了35部佛经，对中原的佛教发展有极大影响。

今日印象

今天的库车是新疆维吾尔自治区阿克苏地区辖县级市，这里资源丰富，是塔里木石油天然气开发的主战场，也是我国"西气东输"工程中的主气源地。作为汉唐文明与古印度、古希腊和古罗马等文明的交汇之地，库车境内的

▲ 克孜尔尕哈烽燧

石窟、古城堡、烽燧（suì）等遗址有195余处，是当之无愧的历史文化名城。其中，克孜（zī）尔尕（gǎ）哈烽燧（在维吾尔语中，"克孜"是姑娘的意思，"尕哈"是居所的意思）和苏巴什佛寺遗址，作为"丝绸之路：长安—天山廊道的路网"中的两处遗址点，被列入《世界遗产名录》。前者是西域地区丝路烽燧中至今保存最好、规模最大的代表性烽燧，在古代传递边防信息中发挥了重要作用，展现了汉朝强大的边防保障系统；后者是西域地区至今规模最大、保存最完整、历史最悠久的佛教建筑群遗址，这里出土的丝织品、古钱币、器物和文书等，向我们诉说了龟兹的文化和丝路贸易。

▲ 苏巴什佛寺遗址·东寺佛塔

你知道吗

"胡床"是床吗？

诗歌里提到的"胡床"虽然包含"床"字，可它却不是床。其实胡床是古代一种可以折叠的轻便坐具，也称"交床""交椅""绳床"。胡床功能类似小板凳，人所坐的面不是木板，一般是可卷折的布或类似物，两边可以合起来。在东西方的交流中，胡床经过古埃及、古希腊，辗转经中东、中亚、西亚、南亚等地，逐渐传向东方。在西汉初期，我们古人就用上了胡床，但是当时能使用胡床的仅仅是贵族人家。后来，这一坐具才进入了平常百姓家。

关于诗人

易寿崧（生卒年不详），字炼堂，湖北兴国人。清光绪七年（1881年），投效新疆哈密长顺将军幕，办理文案。曾任镇西厅同知，疏勒直隶州知州等。著有《天山唱和集》。

古诗里的和田

于阗采花[①]

唐·李白

于阗采花人[②],自言花相似。
明妃一朝西入胡[③],胡中美女多羞死。
乃知汉地多名姝[④],胡中无花可方比。
丹青能令丑者妍[⑤],无盐[⑥]翻在深宫里。
自古妒蛾眉[⑦],胡沙埋皓齿[⑧]。

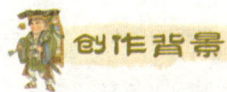 **创作背景**

唐天宝三载（744年），李白遭人陷害，被皇帝"赐金还山"。他离开长安以后，心情十分苦闷，因此写作了此诗，以表达内心的不平。

 **细解字词**

① 于阗采花：乐府旧题。于阗是汉代西域国名，故址在今新疆和田一带。这里泛指塞外。
② 采花人：指为皇帝选美的人。
③ 明妃：即王昭君，晋朝人为了避司马昭的名讳，改称明君，后来又称明妃。西入胡：昭君原来是汉宫宫女，后来出塞入匈奴和亲。
④ 名姝（shū）：指美女。
⑤ 丹青：古代绘画常用的矿物颜料。妍：美丽。
⑥ 无盐：战国时齐宣王的王后，名为钟离春，相貌极其丑陋，因为是无盐人，所以得名无盐，后被用来代称丑女。
⑦ 蛾眉：比喻女子的眉毛又细又弯，此处代指美人。
⑧ 皓齿：洁白的牙齿，同样也代指美人。

 **古诗今义**

于阗为国君选美的人，自以为天下的美女大体上都是相似的。但是自从明妃王昭君嫁入匈奴，胡地的美人都感到十分羞愧。

这才知道汉地向来出美女,胡地根本没有美人可与之媲美。只可惜绘画能把丑陋的女子变美丽,让丑女占据后宫的位置。自古以来有多少美人遭到陷害,一生都葬送在漫漫胡沙之中。

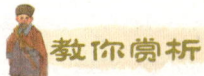

　　《于阗采花》是李白创作的一首乐府诗,诗人记叙了美人遭嫉、埋没胡沙而丑女受宠、立为后妃的颠倒现象,以此来感叹有才能的人被埋没、无能的人反而受到重用的不公现象,抒发自己怀才不遇的愤懑心境。

　　阅读本诗可分为两层。前六句是第一层,主要为叙事。诗人以花喻人,以胡地与汉地的对比,盛赞王昭君的美貌,同时引出下文。

　　第二层是后四句,主要为议论。据《西京杂记》记载,汉元帝为了便于后宫选美,让宫廷画师毛延寿为她们各画肖像。于是一些宫女为了能得到皇帝的垂青,贿赂画工美化自己,可唯独昭君不这样做。于是画师记恨在心,故意将昭君画丑,使她未受召见。后来昭君自荐与匈奴和亲时,汉元帝才知道了她的真实容貌,因此后悔莫及。诗人借汉元帝选美的典故,批判了不公现象。最后两句运用了借代的手法,用"蛾眉"和"皓齿"指代美女,面对这样妍丑不分、黑白颠倒的社会现象,诗人以愤怒的笔调进行了谴责,表达了对美人被遗弃在茫茫胡沙中的哀叹和惋惜。

　　诗人在诗中为昭君的不公遭遇鸣不平,其实也是为自己的不幸而感慨,才华出众之人处处受制,钻营谄媚之辈却步步高升。我们知道,大诗人李白是位有才华、有傲骨的诗人,他用自己的笔杆针砭时弊,为后世留下了这首简洁而明快的诗篇。

丝路城语

诗歌中的于阗，地处塔里木盆地南缘，是历史上有名的西域国家，位于今天的和田地区。关于这个地名来源，有许多不同的说法。有的认为，"于阗"是梵文中"地乳"的意思，因为于阗流传着靠大地哺育王子的传说；有的则说，"于阗"意为"产玉石的地方"；清代的汉文文献则认为其意为"文人"。在各种古书中，于阗还曾被称为"五端""忽炭"等，到清代时有"和阗"之名。1959年，"和阗"改称为"和田"。

作为古代丝绸之路上的重要站点，于阗是张骞第一次西使后，归来途经的国家之一。东汉时，班超出使西域，曾联合于阗国的力量击败姑墨、龟兹、莎车等国，重新打开了丝路贸易的通道。唐代在于阗

▲ "五星出东方利中国"锦护臂
现藏于新疆博物馆

设于阗镇,为唐朝"安西四镇"之一,可见这一丝路重镇在军事上也有相当的价值。

除了我们非常熟悉的和田玉以外,古代于阗产的织锦也极为有名。在东西方的往来中,于阗从内地引进植桑养蚕、治茧为丝的技术,到唐代已发展为西域丝绸业最为繁盛的地区。在和田出土的文物中,我们会发现丝绸占比很高。今天,在和田市吉亚乡艾德莱丝绸厂,还能看到延续了千年的手工制作过程!

今天的和田地区是新疆维吾尔自治区的五个地区之一,位于新疆最南端,深厚的历史文化底蕴为这里留下了约特干遗址、尼雅遗址等历史遗迹。和田物产丰富,有着"玉石之都"的美称。以和田玉雕成的"大禹治水"玉雕被称为"玉中之王",是清乾隆时期的宫廷玉器,现收藏于北京故宫博物院。别具特色的和田丝绸与和田地毯,也吸引着许多来往于此的中外游客。如果你要去和田,一定不能错过"和田三棵树"的自然奇观,据说其中的核桃树种植于唐代,已有千余年的历史,但至今每年仍能结出许多果实。

"落雁"怎么会和美人有关呢？

我们常用"沉鱼落雁"和"闭月羞花"来形容女子的美貌。这两个成语分别指我国古代的四大美人："沉鱼"指西施，"闭月"指貂蝉，"羞花"指杨贵妃，"落雁"指的就是本诗中提到的明妃——王昭君。据说，王昭君在一个秋高气爽的日子里出塞，一路上马嘶雁鸣，昭君心情久久不能平静，于是拨动琴弦，奏响离别之音。琴声悦耳动听，马上的女子貌若天仙，此情此景让南飞的大雁都忘记了摆动翅膀而跌落下来，后来人们便用"落雁"来形容王昭君的美貌。

关于诗人

李白（701—762），唐代伟大的浪漫主义诗人。他年轻时爱好漫游，后来在安史之乱中因牵连被流放夜郎，晚年漂泊于东南一带。其诗歌题材非常广泛，因为际遇的不同，每个时期的诗歌风格也有所不同，儒、道、佛三家思想在他的作品中并存。李白还是一名书法家，《上阳台帖》是他唯一传世的书法真迹，潇洒奔放，豪迈俊逸，现藏于北京故宫博物院。

古诗里的喀什

关山月①
南北朝·徐陵

关山三五月②,客子忆秦川③。
思妇高楼上④,当窗应未眠。
星旗映疏勒⑤,云阵⑥上祁连。
战气⑦今如此,从军复几年。

创作背景

梁武帝太清二年（548年），徐陵奉命出使东魏，后来因为梁朝遭到将领侯景发动的叛乱，徐陵被迫留居北方，七年不得南归。在这一时期，徐陵从瑰丽的宫体诗转向真情实感的诗歌创作，《关山月》就是此时写下的诗歌。

细解字词

① 关山月：乐府旧题，多抒发离别哀伤之情。
② 关山：边境要塞，指征战之人的所在地。三五月：农历十五的月亮，指月圆之时。
③ 客子：在外游历或出征的人。秦川：关中平原，这里用来指代故乡。
④ 思妇：指思念征人的妻子。这两句是客子想象的情景。
⑤ 旗：星名。《史记·天官书》："东北，曲十二星曰旗。"星旗，就是旗星，古代人认为它预示着战争。疏勒：汉代西域三十六国之一，是汉代丝绸之路南道和北道的所经之地，故址在今新疆喀什。
⑥ 云阵：阵云，这里也可以理解为军阵。
⑦ 战气：战争的气氛。

古诗今义

十五的圆月映照在边地，勾起远征之人的思乡之情。

想必妻子此刻正在高楼之上，临窗远眺还没能入眠。
疏勒城的上空旗星闪烁，战事的浓云笼罩着祁连山。
战争的局势是如此紧张，战士们何时才能重返家乡？

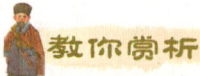

这首诗借用汉代乐府旧题，结合诗人自身的经历，紧扣一个"忆"字，将边关战事的实景和征夫思妇的感念融于一体，既有思念之情，又有对战争的批判之意。诗歌的成功之处就在于具有一定的现实性与人民性，一改南北朝时宫体诗内容贫乏的缺点。

诗歌一、二句，诗人巧用十五的圆月作引子，月圆却无法团聚，征夫在边塞思念妻子，妻子在高楼思念丈夫，呈现出一幅征夫思妇对月遥望的思亲图。三、四两句"对面落笔"——征夫想象远方的妻子因思念仍未入眠，我们不妨可以找找杜甫的名篇《月夜》进行对比阅读。

后四句回到戍边战士的视角。诗人没有直接描写战争场面，而是通过疏勒城上空的旗星和笼罩祁连山的浓云，渲染了战事的激烈景象，"映"和"上"两个字都非常富有动态。脱下铠甲回归家乡的愿望不知道何时能够实现，无形中也对应思妇在高楼之上想念亲人、辗转难眠的情境。

全诗语言简洁，利用"高楼""星旗""云阵""战气"等边关意象，塑造边关战事的同时，也深深地表现出分别两地的夫妻内心的感伤。诗人也借诗歌表达了自身的艰难境地，他渴望战争早日结束，回到自己的家乡。

丝路城语

喀什，古称疏勒，全称"喀什噶尔"。"喀什"是"玉石"的意思，"噶尔"是指"石"或"山"，把它们组合起来可以理解为"玉石汇集的地方"。

喀什地处塔里木盆地西部，是古代丝绸之路上的一片绿洲。这里在汉代属于西域三十六国之一的疏勒国，如果要前往大月氏、大宛、康居等西域地区，需要翻过葱岭——也就是今天的帕米尔高原，在这一路程中就会经过疏勒。张骞奉汉武帝之命前往西域寻找大月氏联合抗击匈奴，就曾途经疏勒国。

随着汉代丝绸之路的正式开辟和西域都护府的设立，疏勒的管辖权也划归汉朝。东西方往来的商人，也常会将自己的货物放在疏勒的商铺里进行售卖。此后在朝代的更迭和战事中，丝路曾经中断，疏勒的治理权也多次易主。随着唐代丝绸之路的再次繁盛，唐贞观二十二年（648年）设安西四镇，其中就包括疏勒镇。这使唐代的喀什地区在军事、经济和文化等多方面，发挥了重要作用。

今日印象

作为古代丝绸之路上的重镇，喀什地区拥有厚重的历史和独特的文化，今天的我们能够在游览中体会这座历史文化名城的风貌。喀什位于我国最西端，这里既有叶尔羌河、慕士塔格冰山、乔戈里峰等壮美的自然风光，又有喀什噶尔古城、高台民居、香妃墓等人文景观。其中，位于喀什市中心的喀什噶尔古城是国家5A级旅游景区，曲折迂回的街巷如同迷宫般交错，以土木和砖土为主的建筑古朴而雅致。此外，

▲ 喀什噶尔古城

有着"瓜果之乡"美称的喀什，盛产大樱桃、巴旦杏、葡萄、无花果、阿月浑子（俗称开心果）等美食，令许多来到这里的中外游客"回味无穷"。

来自疏勒的音乐大师叫什么？

今天我们常见的琵琶，最早是直项、圆形音箱构造，在南北朝时，受西域曲项琵琶的影响后改变了结构。到了唐代，琵琶的制作和演奏都进一步得到发展。当时琵琶演奏高手多是西域之人，其中，来自疏勒的裴神符（又名裴洛儿）便是史书中记载的著名西域音乐家。有一次唐太宗让琵琶乐师在宫中献技，乐师们横抱琵琶，用木制的拨子弹奏，而且奏的大多是恬淡悠扬的宫廷雅乐，可轮到裴神符演奏时，他却把琵琶立在怀中，直接以手指弹奏。他创作的《火凤》《倾杯乐》《胜蛮奴》三首曲子，音韵谐美，唐太宗也为之倾倒。裴神符对于琵琶演奏技巧的改变是丝绸之路东西往来中留下的文化印迹,对后世的琵琶演奏产生了深远影响。

▲ 螺钿紫檀五弦琵琶
现藏于日本奈良正仓院

关于诗人

徐陵(507—583),字孝穆,东海郡郯(tán)县(今山东郯城)人,南朝梁陈时期著名宫体诗人,诗文在当时和庾信齐名,并称"徐庾体"。当时军书、诏策,多出自徐陵之手,历史上称他为"一代文宗"。他所编的《玉台新咏》是现存较早的诗歌总集之一。有《徐孝穆集》存世。

古诗里的**托克马克**

从军行[①]（其六）

唐·王昌龄

胡瓶落膊紫薄汗[②]，
碎叶城西秋月团[③]。
明敕星驰封宝剑[④]，
辞君一夜取楼兰[⑤]。

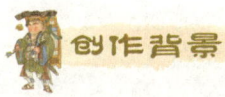

创作背景

有学者认为,王昌龄在唐开元十五年(727年)考取进士之前,曾经出玉门关到西域,因此创作了一系列边塞诗,不过在现存的王昌龄生平资料中,还没有相应的证据。王昌龄曾写作《从军行》七首,本诗是其中的第六首。

 细解字词

① 从军行:乐府旧题,多以军旅战争为题材。
② 胡瓶:唐代西域制造的一种工艺品,可以当作储水用具。落膊:缠在肩臂上。紫薄汗:一种骏马。
③ 碎叶:唐代西北的军事要塞,安西四镇之一,在今吉尔吉斯斯坦的托克马克附近。团:圆。
④ 明敕(chì):皇帝下诏书。星驰:像流星一样飞奔,这里形容传令速度极快。
⑤ 辞:告别。楼兰:汉代西域国名,遗址在今新疆巴音郭楞蒙古自治州若羌县境,罗布泊西。因为楼兰人常杀汉使、阻通道,所以"取楼兰"常作为杀敌立功的代称。

将军肩臂缠着储水的胡瓶,身骑矫健的紫薄汗马,

此时碎叶城西的天空中，一轮秋日圆月高高挂起。
诏书如流星般迅速送来，赐将军以宝剑领兵抗敌，
将军受诏领命奔赴前线，一鼓作气攻破敌军阵营。

  本诗语言简洁，气象开阔，通过描绘一位奔赴边塞、为国抗敌的英雄形象，展现了盛唐时代的昂扬精神。

  首句"胡瓶落膊紫薄汗"用西域瓶和西域马为读者交代了将军行路时的装备，"紫薄汗"是古代骏马，马儿的矫健与将军的身姿互相映衬，显得威风凛凛。简短七字便勾勒出了将军行路时的飒爽英姿，同时也说明了唐代军旅深受西域影响。"碎叶城西秋月团"则暗示了出征的起点、季节和时间，并渲染出一种幽静和神秘的气氛：在皓月当空的秋夜中持剑策马，使人对将军的凯旋充满期待。

  后两句"明敕星驰封宝剑，辞君一夜取楼兰"一气呵成，极为精彩。如果说，胡瓶和骏马只是外在的装束，那么这两句则写出了将军智勇双全、不辱使命的英雄本色。《孙子兵法》中提到，"兵之情主速"，也就是用兵贵在速战速决，不可优柔寡断。此时，皇帝派使者日夜兼程、赐予宝剑，可见边境战事紧急，将军不得不临危受命，将百姓的安危系于一身。但是，将军对这场战争具有绝对的自信，他从领命出征到攻城凯旋，只在一夜之间便已完成。

  诗人浪漫飘逸的想象和昂扬奋发的理想，仿佛与这位虚构中的将军融为一体，唐代强盛的国力和自信的时代精神，在文学的描绘中熠熠生辉。

丝路城语

诗歌中的碎叶城位于今天的吉尔吉斯斯坦托克马克,在古代也称素叶水城、素叶城,因为临近碎叶水(今称楚河)而得名,是中国历代王朝在西部地区设防最远的一座边陲城市。最早是粟特人在碎叶形成聚落,到了7世纪,这里成为西突厥汗国的文化和商业中心。唐显庆二年(657年),唐朝平定阿史那贺鲁叛乱后,碎叶为唐朝所有。此后,从唐调露元年(679年)到唐开元七年(719年),碎叶与龟兹、疏勒、于阗构成了新的"安西四镇",由安西都护府管辖。

唐代丝绸之路北道从长安出发,经河西走廊,如果选择出玉门关向北,抵达哈密后要入天山北麓西行,这条路就会进入碎叶。作为东西方贸易的中转地,唐朝曾派军队在碎叶城附近屯田,对往来于此的商贩征收税金。碎叶出土的钱币中可以窥见这一点:既有来自唐代的钱币,也有来自突骑施可汗国、刻有粟特文的钱币。唐代高僧玄奘前往印度学习佛法时,也曾经过碎叶,他的《大唐西域记》告诉我们碎叶城"城周六七里,诸国商胡杂居"。碎叶城的地理位置突出,是唐朝与西域争夺的对象,后来的碎叶城便逐渐陨落在纷繁的战火中。

今日印象

今天的托克马克是楚河谷地东部的重要城市,具有现代工商业的城市风貌。在托克马克城西南8公里处,依然保留了碎叶城的历史遗址,也就是当地人口中的"阿克-贝什姆"(Ak-Beshim)。遗址被分为东、西两城,东城是碎叶古城,西城则是黑汗王朝的首都"八剌沙衮(gǔn)"。

城中所有建筑都采用了黏土和土坯的建筑方式,有中国文化与粟特文化交融的佛寺,有摩尼教墓地,还有中亚最早的景教墓地。1982年,考古工作者在这里发掘出一尊汉式佛像,上面的铭文中有"安西副都护碎叶镇"字样;后来陆续出土的汉文残碑和唐代铜钱也向我们证明:这里就是千年前闻名遐迩的碎叶古城。

▲ 突骑施钱币(左)与唐代开元通宝(右)

大诗人李白是外国人吗?

大作家郭沫若除了文学写作以外,还致力于考古和甲骨文研究。他曾提出,唐代大诗人李白的出生地就在碎叶古城,早在隋朝末年,其先人就由于获罪、经商或服兵役的原因辗转至碎叶。虽然李白的出生地至今仍是个谜,但李白和碎叶古城之间的关联,却始终保留在当地人的心中。2001年,比什凯克人文大学举行了李白诞生1300周年集会,会后还举行了李白诗歌朗诵晚会。

比什凯克人文大学专门出版有吉文、俄文、中文对照版的李白诗集，李白诗歌已成为了当地学生学习汉语的必备读物。

关于诗人

王昌龄（约698—约756），字少伯，京兆万年（今陕西西安）人，另一说是河东晋阳（今山西太原）人，唐代著名边塞诗人。早年贫困，年近四十才考中进士，但为官后仕途不顺，多次遭遇贬谪，安史之乱时遭亳（bó）州刺史杀害。王昌龄擅长五七言绝句，创作的边塞诗最为人称道，有"诗家夫子""七绝圣手"的美誉。有《王江宁集》传世。

图书在版编目（CIP）数据

古诗里的丝绸之路.城市篇 / 吴舒静，张思桥主编. —
上海：少年儿童出版社，2022.1
ISBN 978-7-5589-1198-9

Ⅰ.①古… Ⅱ.①吴…②张… Ⅲ.①古典诗歌—诗集—中国 Ⅳ.①I222

中国版本图书馆CIP数据核字（2021）第238188号

古诗里的丝绸之路·城市篇

吴舒静　张思桥　主编

子木手绘　内文插图
施喆菁　装帧

出版人　冯　杰
责任编辑　沈　佳　　美术编辑　施喆菁
责任校对　黄亚承　　技术编辑　许　辉

出版发行　上海少年儿童出版社有限公司
地址　上海市闵行区号景路159弄B座5-6层　邮编 201101
印刷　永清县晔盛亚胶印有限公司
开本 720×980　1/16　印张 10　字数 110千字
2022年1月第1版　2023年6月第2次印刷
ISBN 978-7-5589-1198-9 / I·4809
定价 39.80元

版权所有　侵权必究